Mister Slang e o Brasil

Título – Mister Slang e o Brasil

ISBN 978-85-8186-402-0

Direção Editorial *Ethel Santaella*

REALIZACÃO

GrandeUrsa Comunicação

Direção *Denise Gianoglio*
Atualização de textos e Revisão *Rita Del Monaco*
Projeto Gráfico e Diagramação *Idée Arte e Comunicação*
Pinturas: *reproduções fornecidas pelo CEDAE - Centro de Documentação Cultural Alexandre Eulalio - Instituto de Estudos da Linguagem - Universidade Estadual de Campinas*

Em respeito ao estilo do autor, foram mantidas as preferências ortográficas do texto original, modificando-se apenas os vocábulos que sofreram alterações nas reformas ortográficas.

Dados Internacionais de Catalogação na Publicação (CIP)
(Câmara Brasileira do Livro, SP, Brasil)

Lobato, Monteiro, 1882-1948
Mister Slang e o Brasil : colóquios com o inglês da Tijuca / Monteiro Lobato. -- São Paulo : Lafonte, 2019.

ISBN 978-85-8186-402-0

1. Brasil - Política e governo 2. Crônicas brasileiras I. Título.

19-30886 CDD-B869.8

Índices para catálogo sistemático:

1. Crônicas : Literatura brasileira B869.8

Maria Paula C. Riyuzo - Bibliotecária - CRB-8/7639

Editora Lafonte

Av. Profª Ida Kolb, 551, Casa Verde,
CEP 02518-000, São Paulo-SP, Brasil – Tel.: (+55) 11 3855-2100.
Atendimento ao leitor (+55) 11 3855- 2216 / 11 – 3855 – 2213 – atendimento@editoralafonte.com.br
Venda de livros avulsos (+55) 11 3855- 2216 – vendas@editoralafonte.com.br
Venda de livros no atacado (+55) 11 3855-2275 – atacado@escala.com.br

MONTEIRO LOBATO

Mister Slang e O BRASIL

Colóquios com o inglês da Tijuca

Lafonte

O AUTOR

Monteiro Lobato (1882-1948) foi muitos homens em um só. Fundador da literatura infantil brasileira com a turma do Sítio do Picapau Amarelo, teve, como editor e empresário, papel decisivo na construção da indústria editorial no país. Tradutor, verteu para o português obras de autores como Lewis Carroll, Ernest Hemingway e Mark Twain. Foi de jornalista a adido comercial em Nova York e editor em Buenos Aires; de promotor de justiça a fazendeiro de café, investidor em estradas de ferro e prospecção de petróleo.

Crítico de arte, também se arriscou como artista plástico – um sonho da juventude interrompido pela imposição familiar para estudar Direito. "No fundo não sou literato, sou pintor", escreveu em 1909. "Minha impressão dominante é puramente visual". Substituído o sonho, mas não a prática, deixou os desenhos e aquarelas que acompanham esta edição – pistas de uma obra que, nas paisagens ou na dicção, sempre ecoaram a origem em Taubaté, interior de

São Paulo, e que permaneceu como trilha de um projeto de superação do Brasil em busca da modernidade.

Foi em 1914 que o escritor – então na pele de fazendeiro – mostrou suas credenciais em defesa do progresso. Em uma carta intitulada *Velha Praga*, endereçada à redação do jornal *O Estado de São Paulo*, criticou pela primeira vez o "atraso" do caboclo brasileiro, com sua mania de destruir terras cultiváveis com queimadas. Gestava-se, nessa argumentação, seu primeiro livro, *Urupês*. Lançado em 1918, o volume de contos – ilustrado pelo próprio Lobato com suas pinturas – colocou em cena o personagem Jeca Tatu, personificação do camponês atrasado de um Brasil idem.

O livro foi citado por Rui Barbosa em sua campanha presidencial e vendeu impressionantes 30 mil exemplares. Já na segunda edição, a mão pesada sobre o caipira rendeu um pedido de desculpas – o que marcaria uma nova fase de Lobato, atento ao descaso do Estado com a população. "E aqui aproveito o lance para implorar perdão ao pobre Jeca. Eu ignorava que eras assim, meu Tatu, por motivos de doença". Logo depois, decretava: "Jeca Tatu não é assim; está assim. Vítima, não responsável pelo atraso do Brasil".

A esta altura já se podia vislumbrar outros motores da obra de Lobato. Ele marcou a distância da sua prosa com o linguajar enfeitado dos romances realistas urbanos do Rio de Janeiro. Em seu lugar, adotou a fala caipira – a "desliteralização", na expressão do professor Antonio Candido, que seria uma das pedras de toque do Movimento Modernista – ainda que Lobato e a turma da Semana de 22 não se entendessem nada bem.

O mote das forças atrasadas do país – quaisquer que fossem elas – se repetiria em outras narrativas. Em *Cidades Mortas* (1919), se debruça sobre a decadência da economia cafeeira. No ano seguinte, *Negrinha* introduz a perversidade da herança escravista, chumbo nas pernas do progresso. Nos anos 20, em *O Macaco Que Se Fez Homem* (1923), o escritor mantém no primeiro plano o caipira, mas a referência a Darwin no título revela o dublê de cientista na pele do escritor-pintor.

Desse ponto em diante, é inevitável aproximar Lobato de ideias eugenistas que, a seu ver, faziam sentido na superação da nossa "jecatatuíce". Na origem, tratava-se não de uma visão primordialmente racista, mas da percepção de uma estirpe de homens degenerada pela miséria e o abandono. Contudo, a biologia com verniz sociológico, em torno da ideia de "purificação", colocou Lobato em um terreno perigoso – e as expressões racistas nas histórias infantis são a prova disso.

É assim que, em 1926, ele lança *O Choque das Raças* – anos depois rebatizado de *O Presidente Negro*. Quase 80 anos antes de Barack Obama chegar à Casa Branca, o protagonista da história vê uma nação dividida pelo "choque de raças" quando o negro Jim Roy é eleito presidente. O livro cristalizava um repúdio à miscigenação brasileira, contraposta à segregação americana. Uma nódoa na tela de quem sabia como dar cor à imaginação ao representar a dura vida do homem comum.

O fato é que as polêmicas também são marcas da variada produção de Lobato. No prefácio da primeira edição de *Urupês*, quando tudo começou, o cientista Artur Neiva dá crédito à leitura que Lobato havia formulado sobre si mesmo – e aponta o que tornaria sua obra tão importante um século depois: "Há em seu estilo todas as cores da palheta do pintor. E a pintura escrita de Monteiro Lobato é excepcionalmente boa – larga, sem insistência em detalhes inúteis e de pinceladas elegantes".

Lobato pintor

“No fundo não sou literato, sou pintor. Nasci pintor, mas como nunca peguei nos pincéis a sério (...) arranjei este derivativo de literatura, e nada mais tenho feito senão pintar com palavras.”

Vista de um lago e conjunto de árvores
Pintura em aquarela

Greenville
Desenho em nanquim com aquarela

Jackson Heights
Desenho em nanquim

Jardim em Jackson Heights
Desenho em nanquim

Rio de Janeiro
Desenho em bico de pena

Jackson Heights
Pintura em aquarela

Campos do Jordão
Desenho em nanquim com aquarela

Forte São João
Pintura em aquarela

Paisagem marinha
Pintura em aquarela

Sumário

Advertência

(Da 1ª Edição, publicada em 1927)

As opiniões de Mister Slang tiveram a sorte de interessar o nosso público, ao surgirem em janeiro estampadas n'*O Jornal*. Por quê? Pelo tom fleumático e sereno de que nunca se arreda o corado súdito de S. M. britânica? Pela sua independência mental? Ignoro-o e não vale a pena esclarecer este ponto sem mínima possibilidade de influência no movimento de rotação da Terra. Interessou e basta.

Quem é este Mister Slang?

John Irving Slang nasceu na cidade de Hull, em 1872, e fez estudos em Cambridge. Muito jovem ainda deixou a ilha e partiu a correr o mundo, ganho de uma insaciável fome de pitoresco. Esteve na Índia, na Nova Zelândia, nas Ilhas Salomão, no Havaí, em Sarawak e outras inconcebíveis terras de gente cor de pinhão. Por fim veio ao Brasil, onde encalhou por quarenta anos no mais lindo bangalô do Alto da Boa Vista.

Absorveu-se em estudos das nossas coisas, depois que se retirou dos negócios, cheio de libras e notas da extinta Caixa da Conversão – a qual o bigodeou indecorosamente, seja dito de passagem.

Nada mais sei deste homem excêntrico e, cá para nós, maníaco e esquisitíssimo, como em regra todo inglês celibatário maior de 60 anos. A sua repentina partida para o celeste império, "a ver a China desopilar-se dos europeus", muito intrigou os seus amigos, plantando em meu espírito um sério ponto de interrogação. Se por acaso escrever-me de lá, como prometeu, é possível que o público ainda obtenha novos esclarecimentos a seu respeito. Também é possível que Mister Slang regresse. Assim o espera a criada Dolly, que ficou de guarda ao seu bangalô da Tijuca.

– Ele não pode viver longe do Brasil por causa das orquídeas – diz ela.

A boa Dolly confunde orquidismo com parasitismo social, velho objeto de estudo do meu caro inglês da Tijuca...

CAPÍTULO I

Da balbúrdia de ideias

O arvoredo sempre enfolhado dum dos belos sítios da Tijuca esconde a deliciosa vivenda de Mister Slang, rubicundo britânico que há mais de oito lustros reside entre nós. Quem sobe de bonde não avista a sua casa, nem sequer a suspeita. Esse inglês, além de filósofo, revela uma certa misantropia, muito consentânea num *gentleman* que o destino lançou para longe do *fog* londrino. Prefere o contato das coisas ao contato dos homens, embora possua meia dúzia de amigos, com os quais conversa entre goles de Old Crow e intermináveis partidas de xadrez.

Quis o acaso que eu viesse a figurar entre tais amigos. Frequento amiúde o delicioso bangalô, bebo do excelente *whiskey* importado diretamente e ainda dou, de vez em quando, meus xeques-mates no dono.

Nada disso tem que ver com o público; mas acho

que têm, e muito, a velha experiência e a longa observação de Mister Slang a respeito das coisas nacionais, objeto constante dos nossos debates. Eis por que me vi no dever de reduzi-los a escrito e estampá-los num órgão de variada expressão mental como este.[1] Wisdom é riqueza. A de Mister Slang contribuirá, talvez, para o enriquecimento de algum espírito amigo da verdade, embora eu esteja convencido da absoluta tolice que é em nossa terra dar atenção à pobre dama nua que mora no poço.

Mister Slang também escreve, de longe em longe, para o *Scribner's Magazine*. Nenhum dos seus amigos sabe disso, a não ser eu – e por mera obra do acaso. O acaso em minhas relações com Mister Slang vem representando papel curiosíssimo. Não direi como descobri um seu ensaio publicado no magazine americano, mas direi que versava sobre o humorismo inconsciente.

– Há disso, Mister Slang? – perguntei-lhe, folheando o trabalho.

O inglês sorriu com malícia e apontou para um número do *Jornal do Commercio*, recém-percorrido pelos seus olhos.

– Há, e foi a constante leitura desse órgão que me sugeriu a ideia. Não ficou naquele Monsieur Jourdain, de Molière, o privilégio de fazer prosa sem o saber...

Mister Slang lê muito Bernard Shaw e não esquece os velhos humoristas, de Sterne a Wendell Holmes. Talvez lhe venha daí certa forma de espírito, amiga de replicar por tabelas e ricochetes. Esta mordacidade, entretanto, perde-a ele depois do terceiro *drink*, donde concluo que não passa de simples atitude mental. *In whiskey veritas...*

Da última vez que lá estive versou o debate sobre o tema do dia, a estabilização da moeda, e confesso que só aclarei as minhas ideias depois que ele mas varreu com a vassoura do seu bom senso raciocinante.

– Que acha, Mister Slang, da estabilização? – perguntei-lhe. – Tenho lido as folhas, e mais leio opiniões mais me obscureço.

– Muito natural, meu bom amigo. A opinião dos nossos jornais é excessivamente instável. Não será no instável que o meu amigo se firmará a respeito de estabilidades.

1. *O Jornal*, onde em janeiro de 1927 saíram publicadas estas opiniões, Nota da edição de 1946.

– Mas que outro recurso existe para quem deseje senhorear-se do problema? Temos de acompanhar os debates do plenário.

– Talvez não. Acho que temos simplesmente de refletir sobre ele. Meu método de trabalho mental consiste em refletir, concluir de mim para mim, chegar a ideias que sejam produtos lógicos de todas as observações e conclusões anteriores da minha vida. Depois, a título esportivo, trato de conhecer as ideias dos outros. Meu método é rude no começo, porque bem pensar corresponde a trabalho rijo; mas delicioso ao cabo, quando vejo abrolhar da árvore lindos frutos. Método inglês. O método brasileiro parece-me muito mais cômodo: comprar por 200 réis tais frutos já elaborados.

– Cômodo e prático – aventurei –; em vez de criarmos rugas na testa e moermos os miolos, adquirimos logo uma ideia feita, já bem elaborada pelos técnicos. Poderia eu, pensando por mim, por exemplo, chegar com a mesma pressa às conclusões de um ex-ministro da Fazenda? Acho mais inteligente tomar feitas as ideias deste homem. Além disso, possuem maior autoridade.

Mister Slang sorriu e disse:

– Certas preferências são de resultados muito sérios na vida dos povos. O hábito de ter ideias próprias fez da Inglaterra o que a Inglaterra é. O hábito brasileiro de aceitar, por comodismo ou preguiça, ideias alheias não me parece que esteja fazendo grande coisa deste país...

A leve ironia fez-me enrubescer e, para disfarce, emborcar o copo de *whiskey*. Enquanto isso, Mister Slang continuava:

– Os jornais do Rio nunca esclarecem uma questão. Estudam-na sempre deslembrados do objetivo de esclarecê-la. O negócio parece-me até que é baralhar. Só o embaralhamento renderá qualquer coisa. Jornal no Brasil é sinônimo de máquina de desenrolar linha. Lê-los é ver desenrolar linha. O bom senso manda fazer o contrário: tê-la em carretéis, numerados conforme a grossura do fio e bem-arrumadinhos nas prateleiras. Fora dos carretéis, linha deixa de ser linha. Passa a maçaroca, só útil como esfregão.

– Vejo que Mister Slang faz muito pouco em nossa mentalidade – murmurei ressentido.

– Não direi que faça pouco. Nem ainda que faça muito. Vejo-a como vejo a goiaba no pé, admitindo que seria absurdo virem maçãs de uma goiabeira.

A mentalidade por aqui é o fruto lógico de um hibridismo tríplice. Grão--de-bico, pacova e quimbombô só podem pensar os frutos que pensam...

– Perdão! – exclamei, um tanto vexado nas minhas suscetibilidades patrióticas. – Cito Rui Barbosa e com essa simples citação esmago a sua teoria.

– Citará o Corcovado para provar que a Lagoa Rodrigo de Freitas não é lagoa? Rui Barbosa constitui tamanha anomalia neste país... que está inédito. O governo adquiriu-lhe a propriedade das obras e não as publica. Acha – e acha muito bem – que esse Macaulay meridional nasceu nestas paragens por atrapalhação da natureza, nada tendo de comum com o país.

– Engano seu, Mister Slang. Rui foi um ídolo nosso – o maior!

– O que não impediu que, entre ele e o Marechal Hermes, o país escolhesse o marechal...

– Escolheram os políticos, não o povo.

– Parece-me que esses políticos não se sustentam na sociedade com o apoio das pedras, das árvores, do ar, das coisas, em suma, e sim das pessoas – cujo conjunto tem o nome de povo. Não negue evidências. Esse negar evidências tem sido a causa real de não conseguirem vocês uma só solução acertada para todos os problemas nacionais. Tudo por aqui é emergência, isto é, solução pessoal, ocasional, momentânea, provisória. Sempre o horror à marcha de frente, ao leal estudo da situação de fato. Aponte-me uma solução definitiva, uma só, acertada e justa, de quantas o país vem tentando, e eu não comerei este seu bispo que imprudentemente acaba de colocar-se sob o meu cavalo.

Tínhamos iniciado uma partida de xadrez e de fato eu movera ineptamente o bispo do rei.

Na vida nacional ocorre muito disso. Movem-se pedras imprudentemente. Depois é preciso recuar, com deslize das regras do jogo – ou temos de vê-las comidas por um cavalo qualquer.

CAPÍTULO II

Da maçaroca

Depois de conclusa a partida de xadrez, que perdi (meio cômodo de predispor o espírito de Mister Slang para prolongadas dissertações), retomei o fio do nosso tema.

– Acha, então, Mister Slang, que a nossa imprensa desenrolou a linha do carretel e deixou o caso da estabilidade da moeda reduzido a maçaroca?

– E das inextricáveis! Vejo tantas laçadas e nós-cegos que não sei como vai este pobre povo compreender qualquer coisa.

O mesmo que se deu com a vacina obrigatória no governo Rodrigues Alves. Desenrolaram-se naquele tempo os carretéis, e o povo, de tão enleado na maçaroca, pensou até em levante.

Em levante contra o remédio preventivo da horrorosa doença que o dizimava e deformava...

Hoje começam a fazer o mesmo. Já inventaram contra o remédio da estabilização monetária uma engenhosa fórmula, boa para irritar o pobre burro de carga.

– Qual é?

– "Estabilização da carestia".

– E não acha, Mister Slang, que é isso mesmo?

O inglês olhou-me com certa piedade irônica. Depois disse:

– Carestia é sintoma de deficiência de produção. Sempre que há batatas de sobra no mercado normal das batatas, o preço das batatas cai; mas sobrevirá a carestia de batatas sempre que a colheita de batatas produzir menos que o necessário ao consumo.

O projeto da estabilização da moeda visa apenas tornar rígido e, portanto, invariável o quilo com que o vendeiro pesa essas batatas. Nada tem que ver com a produção, quantidade ou preço delas.

– Não compreendo.

– É que não me expliquei convenientemente.

– Explicou-se muito bem, Mister Slang; o problema é que é complicadíssimo.

– Complicado só me parece aquilo que não entendemos. O brasileiro anda muito afastado do regime de pensar por si, de meditar sobre uma ideia até que a tenha madura no cérebro e articulada com todas as mais ideias que o povoam.

Seria impossível um Newton por aqui – o homem que descobriu uma grande lei à força de refletir sobre a mecânica dos astros. Ao invés de pensar, vocês leem – coisas que, por *mal pensadas*, vão contribuir para a formação da maçaroca.

– Mas acha então, Mister Slang, que seja a finança uma coisa clara? Eu de mim confesso que quanto mais leio a respeito, menos pesco.

– É que lê e estuda nos jornais – isto é, na linha desenrolada. Experimente pensar a respeito. Enrole a linha e verá que nada existe mais simples.

– Ajude-me, então, Mister Slang. Dê-me a ponta do fio.

O inglês acendeu o cachimbo fleumaticamente e disse:

– Temos aqui sobre a mesa a maçaroca. Que nota nela à primeira vista?

Representei-me in mente a maçaroca que Mister Slang dizia estar sobre a mesa e não notei coisa nenhuma. Que será possível notar numa imaginária maçaroca de linha?

Vendo o meu embaraço, o inglês continuou:

– Nota que não é constituída de linha de uma só cor. Temos linha amarela, vermelha e azul. Logo, há aqui três carretéis desenrolados.

– ?

– Sim. O carretel econômico, o carretel financeiro e o carretel monetário. São três problemas diversos que o "amor ao embrulho" dos nossos entendidos embaralha. Embora na vida dos negócios suas questões se entrelacem, economia, finança e moeda são coisas distintas.

Cada qual com o seu campo, cada qual com a sua função, cada qual sujeita às suas leis. Misturá-las é criar o caos. Mas desde o momento em que separamos da maçaroca as três linhas de cores diversas, já o problema em causa se simplifica enormemente. Tão enormemente que qualquer caixeiro de venda suportará com galhardia um exame. Se eu fosse o presidente da República resolveria a eterna balbúrdia financeira, econômica e monetária do país metendo no Ministério da Fazenda, ao invés de *technical experts*, isto é, malabaristas da terminologia e pais da maçaroca, um simples caixeiro de venda.

– Lá vem Mister Slang com os seus paradoxos! Leu Bernard Shaw esta noite, com certeza...

– Li vários artigos de famosos ex-ministros da Fazenda, e daí me veio a ideia de meter no controle um caixeirinho – aquele, por exemplo, que ali vem – concluiu, apontando com o cachimbo para um moço em mangas de camisa que entrava a sobraçar um pacote.

Era o caixeiro do armazém que vinha trazer biscoitos pedidos pelo telefone. – Manoel, venha cá! – exclamou o inglês. – Venha dar umas lições a este amigo atrapalhado.

Aproximou-se o Manoel, tatalando os tamancos.

– Às ordens de Vossa Senhoria.

– Diga-me cá, Manoel – começou o inglês –, entende você alguma coisa de finanças?

O rapaz olhou-nos desconfiado.

– Finanças? Homem, a falar a verdade, nunca ouvi sequer tal palavra.

Mister Slang olhou-me e disse em inglês rosnado:

– Vou fazer-lhe umas perguntas e você verá que o simples bom senso desta criatura vai dar todas as soluções que os nossos grandes financistas não encontram.

E voltando-se para o Manoel:

– Diga-me cá: se o seu armazém gastar 10 contos por ano e ganhar 8, que é que acontece?

– Vossa Senhoria está a brincar! Pois claro que quebra! Poço de onde sai mais água do que entra, seca...

Mister Slang sorriu-se e soltou uma gostosa cachimbada para o ar.

– Manoel, acabas de dizer uma verdade eterna, das que os homens da Academia chamam inconcussas. Verdade, no entanto, que jamais entrou na cabeça dos nossos governos.

Querem eles arrecadar 100 e gastar 150. Admitem que é possível encher-se um poço onde entra menos água do que sai. O teu sólido bom senso acaba de ensinar a este meu amigo que o problema financeiro das donas de casa ou dos grandes impérios se resume em ter fé cega nas verdades que o Trajano ensina na sua aritmética elementar. Não há propriamente problema financeiro; há a conta de entrar mais do que sair ou pelo menos entrar tanto quanto sair.

Começam a haver problemas se essa regra é inobservada – problemas metafísicos e ultra-aritméticos, de multiplicar a água do poço por meio de químicas e passes de mágica, ao invés do natural e simplicíssimo equilíbrio das torneiras.

– De modo que o problema financeiro, na sua opinião, se resume nisso!... – concluí um tanto desapontado.

– Está claro! E só fugirei desse modo de ver se alguém me apresentar um caso – um só que seja – de poço que se não esvazie quando sai mais água do que entra. Enrole a linha vermelha da maçaroca e ponha aí no canto da mesa o carretel financeiro.

Vamos ver agora o problema econômico. Inda é o Manoel quem vai nos esclarecer.

Ri-me e duvidei:

– Esse quero ver. É crespo e o pobre Manoel vai espetar-se.

– Engano. O Manoel vai deslindá-lo tão luminosamente que você se assombrará da iniquidade de andar como caixeiro de venda um corte de ministro da Fazenda como o Brasil ainda não possuiu nenhum.

– Nem Murtinho?

– Nem Murtinho. E Mister Slang chupou uma cachimbada gostosa antes de interpelar o Manoel.

CAPÍTULO III

De outras opiniões do Manoel

Tínhamos já enrolado dois carretéis, o financeiro e o econômico.[1] Faltava apenas enrolar a linha do carretel monetário. O Manoel, de boca aberta, aguardava as novas perguntas de Mister Slang, incerto ainda se seria aquilo sério ou brincadeira. Eu duvidava que dessa vez lhe saíssem respostas claras, porque o problema da moeda sempre me pareceu dos que aumentam no mundo o consumo da aspirina.

Mister Slang interpelou-o:

– Diga-me, Manoel: que é que mediu o comprimento daquele rolo de corda que você me trouxe ontem?

1. Perdeu-se o capítulo que tratava do problema econômico. Nota da edição de 1955.

– O metro, homessa, pois num sabe?

– E que é que mediu o peso destes biscoitos de agora?

– O quilo. Vossa Senhoria está a brincar?

– E que é que mediu o valor, isto é, o preço da corda e dos biscoitos?

– O dinheiro de Vossa Senhoria, está claro.

– Muito bem! – aprovou Mister Slang, tirando uma baforada. – Diga-me agora: se o metro que vocês usam lá na venda encolhesse um palmo cada dia de chuva, ou espichasse um palmo cada dia de sol, que sucederia?

– Uma desordem dos diabos! Se comprássemos corda num dia de sol e a vendêssemos em tempo de chuva, perderíamos um palmo em cada metro – ou vice-versa.

– E os biscoitos? Se o peso de quilo que vocês usam ora pesasse 1.200 gramas, ora 800?

– Outra desordem dos diabos! O armazém levava a breca com tal metro e tal peso. Como negociar assim? Virava tudo uma roleta e era preferível fechar a casa e ir jogar no bicho.

– Muito bem. E se o dinheiro na gaveta sofresse o mesmo mal do encolhe e do espicha? Se 1 conto de réis ora valesse 500 mil-réis, ora 1 conto e 200 mil-réis?

– Isso, então, nem é bom falar! Era a falência. Temos uma duplicata a vencer no dia tanto e apartamos o cobre; se no dia do resgate esse cobre diminuir, ou teremos de tomar emprestada a diferença ou fechar a porta. Se o cobre aumentar, ganhamos – mas sem saber como nem por quê, qual no jogo. O negócio, com dinheiro dessa ordem, não vai lá de pernas...

– Perfeitamente. De modo que para haver negócio é preciso que o metro, o quilo e a moeda tenham valor constante...

– E quem não sabe disso, meu caro senhor? Vossa Senhoria está a chover no molhado.

– Podes ir, Manoel – disse-lhe Mister Slang –; as perguntas de hoje ficam por aqui.

E, voltando-se para mim, logo que o moço virou as costas:

Vê? Todo o problema monetário está nas palavras do Manoel, simples como água, luminoso como o sol. Se botam esse Manoel no governo, que maravilha!

Nesse momento entrou o criado com o tabuleiro do xadrez.

Enquanto íamos arrumando as pedras, pude ainda objetar:

– De fato, em essência as coisas são muito simples; mas na aplicação...

– Na aplicação tudo também é simples quando se respeita a essência das coisas. A medida do valor dos objetos chama-se ouro, como a medida da extensão é o metro e a medida do peso é o quilo.

– Então é moeda sinônimo de ouro? Novidade!...

– Sim. O consenso unânime e imemorial dos povos adotou o ouro como medida de valor, isto é, como moeda.

– Mas, se as há de cobre, prata, níquel, papel.

– Moedas por procuração do ouro. Eu posso gerir meus negócios por mim ou por intermédio de procuradores. Serei o ouro; eles serão o cobre, a prata, o níquel, o papel. Valem, não por si, mas como representantes meus. No dia em que eu não endossar os atos desses procuradores, nada mais valerão eles. O papel, por exemplo. Existe e só vale quando representa um depósito de ouro, isto é, quando procurador do ouro.

– Mas o papel-moeda?

– Papel-moeda não é moeda-papel, como procurador sem procuração não é procurador. Papel-moeda quer dizer uma ladroeira que certos governos inventaram pelo simples fato de não haver cadeia para os governos. É o "paco" dos vigaristas.

– Mas desde que tem força liberatória é moeda...

– Moeda falsa. Que é uma nota do Tesouro? Um vale que o Tesouro emite, apenas. Ora, esse vale realmente valerá enquanto o emissor for honesto e cumprir a sua palavra, resgatando-o pelo valor nele estampado sempre que lhe apresentarem. Do contrário, não passa de pirataria.

– De modo que o nosso regime é de pirataria...

– Da pura, meu caro! Da legítima! O governo emite um vale ou uma nota de 100 mil-réis... Um parêntesis. Que quer dizer "réis"?

Engasguei. Sei, ou creio saber, o que quer dizer "réis", mas engasguei.

Mister Slang esclareceu-me:

– Réis é o nome em português do ouro-moeda. Esse mesmo ouro-moeda tem nos Estados Unidos o belo nome do dólar; na Inglaterra chama-se libra; na Alemanha, marco; na França, franco; na Itália, lira. Logo... "100 mil-réis" quer dizer uma certa quantidade de ouro-moeda, e uma nota de

100 mil-réis quer dizer um vale, um título ao portador, sem prazo de resgate na importância de 100 mil-réis de ouro. E como ninguém desconfia do governo, esse vale circula como se fosse ouro. Quem quiser trocá-lo pelo metal correspondente é só ir ao Tesouro e apresentá-lo. Mas desde que o governo se acanalha e se recusa a pagar os vales emitidos, eles passam à categoria de letras que o aceitante se recusa a resgatar. Se o fato se desse com um particular, o remédio seria simples: execução e penhora. Mas como o caloteiro é grosso, o portador do vale não tem outro remédio senão procurar desconto na praça. E surge o câmbio.

– Estou compreendendo, Mister Slang. O câmbio, o cambista, o homem que desconta os vales do governo impontual, só aparece quando o emissor do vale foge ao seu pagamento...

– Isso mesmo. Mas esse particular que desconta os vales do governo está claro que o faz para ganhar dinheiro, e nunca paga o vale pelo valor nominal. Paga o que no momento lhe convém pagar, 10%, 30%, 50% ou 60% do valor nominal, conforme a taxa de câmbio, isto é, conforme todos quantos fazem esse negócio de desconto acham que nesse momento devem pagar.

– Quer dizer que câmbio, isto é, desconto de vales do governo por particulares, só existe quando o governo não paga fielmente os vales que emite?

– Claríssimo! Desde que o emissor dos vales cumpra o seu dever, a sua palavra, a sua promessa, extingue-se a classe dos descontadores de vales, dos cambistas, dos que vivem à sombra e como produtos lógicos da desonestidade dos governos.

– Estou entendendo. E estou também compreendendo as razões do clamor contra a estabilidade...

– Não é preciso ser muito esperto. Há mil interessados na instabilidade, sobretudo entre os banqueiros, isto é, os cambistas. Na estabilidade só é interessada a nação.

Com o projeto da estabilização da moeda o governo reconhece que o regime do calote não pode continuar e se propõe a retomar o pagamento dos vales emitidos, isto é, das notas do Tesouro em circulação. Reconhece que não pode pagá-las pelo valor nominal e propõe uma concordata. Em vez de continuar não pagando coisa nenhuma e deixando que os cambistas roubem ao país com a sua jogatina de desconto, propõe, honestamente, uma concordata de 40%. Quem tiver um vale do Tesouro poderá trocá-lo por metal, recebendo, não tudo, mas 40% do valor nele impresso.

– Compreendo, compreendo!... Tenho agora a chave da gritaria e da maçaroca... – exclamei com a cara iluminada.

– E terá outras chaves – concluiu Mister Slang saindo o peão rei –, se continuar a refletir nesses problemas.

– A desembaraçar a maçaroca...

– Isso.

Mister Slang calou-se e avançou com o bispo para a terceira casa da dama. Foi um belo movimento, que me atrapalhou.

CAPÍTULO IV

Do cruzeiro e outras miudezas

Aquela partida de xadrez não durou muito tempo. Eu estava preocupado com certa ideia – coisa inadmissível no xadrez. Xadrez absorve, exige o cérebro inteiro atento às combinações.

– Está distraído – murmurou em certo ponto Mister Slang, a um movimento inepto do meu bispo da dama. – Essa sua jogada não se justifica, pois me permite responder assim...

O assim foi, *zás-trás*, xeque.

– As pretas abandonam – exclamei. – Ganhou.

– Quem ganhou não fui eu – disse Mister Slang. – Foi o cruzeiro.

– É verdade!... Eu estava pensando na moeda nova e a parafusar nas perturbações que vai trazer ao nosso povo.

Não acha que é assim, Mister Slang?

– O cruzeiro trará as mesmas perturbações que trouxe a adoção do sistema métrico decimal – que, aliás, ele completa. É lógico que os espíritos fracos se perturbem com mudanças métricas. Mas em atenção à fraqueza de espírito dos homens devemos permanecer sob regimes viciosos que sobretudo a esses espíritos fracos dificultam a vida? O momentâneo prejuízo para a fraqueza de espírito se compensa com todo um futuro de facilidades. Nunca houve na terra progresso que não perturbasse o anterior equilíbrio da vida. A entrada do automóvel perturbou o equilíbrio da vida mesquinha de milhares de cocheiros de tílburi.

Mas transformou esses homens. Os cocheiros são hoje choferes, gente mais bem paga e de um mais alto tipo de vida. Ai do mundo, se em atenção ao tílburi e seus cocheiros impedíssemos o advento do automóvel! Além disso, no caso da nossa moeda o cruzeiro não passa de nome novo dado ao mil-réis. Apenas. Rua de nome mudado não muda. Em vez de “4 ou 5 mil-réis” dir-se-á “1 cruzeiro”. Só. Já o povo, levado pelo instinto simplificador, ou pela lei do menor esforço, diz “cincão”, em vez de “5 mil-réis”. A lei batizará de cruzeiro o “5 mil-réis”, ou o “cincão” da gíria. A consequência única do nome novo será, pois, economia de esforço vocal. Você bem sabe que a Eficiência é o grande lema de hoje. Todo desperdício, seja de matéria, seja de esforço, vai contra a Eficiência. A denominação nova trará uma economia de 2/3 no esforço vocal que hoje despendemos para nomear uma certa soma de dinheiro. Só isso.

– E as outras consequências?

– Não há outras consequências além dessa economia.

– O abuso do comércio?

– Que abuso trouxe o metro ou o quilo quando tomaram o lugar da vara e da arroba?

– Vá que seja assim, Mister Slang. Mas o ponto fraco da estabilização monetária parece-me estar na taxa adotada: 6! É muito baixa! Dou toda a razão aos que combatem o projeto e preconizam a taxa de 8 ou 12.

– O seu erro, meu caro, vem de admitir liberdade na escolha da taxa da estabilização. Mas a palavra estabilizar define-se por si mesma: parar, ficar no que está. Se estamos em 6, como propor 8?

– Esperaríamos que o câmbio chegasse a 8 ou a 12.

– Por que esperar 8 ou 12 e não 27? Há tanto arbítrio na escolha do 8 como na do 12 ou na do 27.

– 8 ou 12 seria um câmbio mais normal; 6 é anormal.

Mister Slang sorriu.

– Normal, em geometria, é a perpendicular tirada do ponto em que a tangente toca uma curva. Em matéria monetária a curva, em vez de linha, é um ponto em perpétuo movimento sinuoso e sem normal possível. Não há normal fixa em câmbio, isto é, no valor de uma moeda em perpétuo voo de andorinha, ora nas alturas, ora barbeando o solo. Esperar! É graças à política do esperar para fazer uma certa coisa que o Brasil se encontra assim, pobre e arruinado. Isto por aqui me dá a ideia de um navio que joga horrivelmente e não deixa que os tripulantes se mantenham de pé. Todas as manobras são falhas e desastrosas por efeito do balouço contínuo – e o navio vai indo à garra. Mas a tantas surge um engenheiro que se propõe adotar um dispositivo de uso velhíssimo, supressor do jogo e permissor de eficiência nas manobras. Será um bem para todos – no entanto os tripulantes se opõem, alegando que a latitude em que se acha o navio não é a mais própria para a adoção do dispositivo estabilizador. Acham que o grau 18, 20 ou 23 é melhor. Outros acham preferível o grau 27. Esquecem-se de que, avariado e a fazer água como está o navio, torna-se duvidoso que alcance tais latitudes...

– É concertá-lo, tapar a água até que o navio lá chegue.

– Mas se justamente o balouço excessivo da nau é o que impede os reparos, homem! Dizem uns: primeiro equilibrar os orçamentos, primeiro fazer a paz. Mas o desequilíbrio financeiro é em grande parte efeito da instabilidade.

– Mister Slang não irá dizer que a revolução também procede da instabilidade...

– Não vou dizer? Digo já, pois toda revolução tem como causa última o mal-estar econômico. País que prospera não faz revoluções. Equilíbrio de orçamento! Como, se a moeda é móvel? Como organizar um orçamento de despesas, se parte delas é em ouro e no fim do ano o ouro pode estar valendo o dobro ou a metade? Tolices, meu caro. Chicanas. À base de tudo é a fixidez. Primeiro, estabilize; depois faça o que quiser. Estabilize, e o problema financeiro se resolverá por si mesmo. Estabilize, e a revolução perderá a sua razão de ser.

– Mas... é o custo da vida? Não acha que é muito alto o atual custo da vida?

– Alto em relação a quê?

– Ao custo da vida ao câmbio de 8, por exemplo.

– Mas o custo da vida ao câmbio de 8 será muito alto em relação ao custo da vida ao câmbio de 12. E o custo a 12 muito alto em relação a 27. Um preço será sempre mais alto ou mais baixo em relação a um índice qualquer. Agora, pergunto eu: que é que tem isso com o fato da moeda se tornar fixa? Que tem o preço do morim com o metro de pau com que o lojista o mede? Que tem o preço da terra com a trena do agrimensor? A estabilidade vem apenas dar à moeda a mesma fixidez que têm o quilo e o metro. Esta confusão que noto no espírito público anda a criar-me sérias dúvidas a respeito da mentalidade brasileira...

Desci os olhos para a biqueira dos meus sapatos enquanto Mister Slang prosseguia:

– O pobre Brasil tem sido vítima do corre-corre da adaptação a que a instabilidade da moeda o força. Suponha um negociante que fosse obrigado a mudar de casa todos os meses. Que sucederia?

– Todo o seu lucro ir-se-ia nas despesas de mudança e prejuízos consequentes. Diz o povo que três mudanças equivalem a um incêndio.

– Pois o pobre Brasil é um negociante que tem de localizar a sua quitanda em 27 casas diferentes, conforme as intimações de Mister Câmbio. Como há de o coitado prosperar?

– Realmente. A vida do Brasil tem sido um sair de uma crise para entrar noutra.

– Justo. Chamam vocês crise às mudanças de casa cambial. Crise quer dizer desequilíbrio. Para a volta a um equilíbrio novo há destruição de energias e bens. Como pode enriquecer um coitado desses?

Mister Slang tomou fôlego. Depois disse:

– Há de haver uma causa para que o Brasil, com o seu imenso território e os seus trinta milhões de habitantes, seja um dos países mais pobres do mundo.

– Talvez que a gente não preste... – ia aventurando eu. Mas Mister Slang tapou-me a boca:

– Depois que Henry Ford demonstrou como se aproveitam até cegos e aleijados, ninguém tem o direito de alegar o não presta. Tudo presta. Até um cego, um estropiado presta. A questão toda está em *proporcionar-se--lhes condições para prestar.* O mesmo cego que aqui não presta para coisa nenhuma em Detroit produz igual a um homem perfeito e ganha 6 dólares diários. O brasileiro precisa de condições para prestar – e a condição número um é a fixidez da medida do valor, a moeda.

Mister Slang chamou o criado e pediu *whiskey.* Tinha feito jus a uma boa dose, não havia dúvida.

CAPÍTULO V

Do carpinteiro de Southdown

Mister Slang fez uma jogada de cavalo, que consegui travar com um movimento de bispo. Antes que ele começasse a estudar a nova situação, perguntei-lhe:

– E qual a sua ideia, Mister Slang, a respeito da entrada de ouro e imigrantes, admitindo que a estabilidade dê os resultados que os seus promotores esperam?

– Brasil está inexplorado – respondeu ele. – O Brasil constitui uma reserva imensa de possibilidades, que se transformarão em riquezas no dia em que houver o capital necessário para movimentá-las. O capital hoje foge do Brasil. Isso explica a expansão assombrosa dos Estados Unidos e da Argentina, em contraste com o marasmo brasileiro. Capital procura negócios, não casas de jogo – e o Brasil não passa de um Monte Carlo em ponto grande.

– Isso não, Mister Slang, porque não é pequeno o capital estrangeiro que está aplicado no Brasil.

– É mínimo, é zero diante do que podia ser diante das necessidades do país. E o que veio, ou veio garantido por leis especiais ou veio para empréstimos ao governo, caso muito diferente. O capital com emprego na indústria particular não pode pensar no Brasil.

– A Light, o Gas...

– Empresas que talvez nem dividendo paguem, ou então que fazem o público remunerar seus serviços em ouro – fato que transfere a parte jogo do negócio à besta do público.

– No entanto, o capital encontra aqui a mais alta das remunerações.

– Em papel. Essa remuneração em papel, convertida em ouro, oscila de tal maneira que até um simples empréstimo hipotecário se transforma em jogo de roleta. Ora, o fim do capital é obter renda, nunca jogar. Tive um amigo de Londres que num momento de cegueira aplicou aqui 10 mil libras a 9%, dinheiro esse que na Inglaterra nunca lhe rendera mais de 3%. A perspectiva de triplicar a renda seduziu-o. Trouxe o dinheiro, reduziu-o a papel e, como o câmbio estava a 12 e a libra valia 20 mil-réis, achou-se com 200 contos, os quais, a 9%, passaram a render-lhe 18 contos por ano. Meu amigo ficou radiante, visto como na Inglaterra só tirava desse dinheiro 6 contos.

Empregou-o sob hipoteca, cujo contrato se venceu uns 4 anos atrás, com o câmbio a 5, O devedor pagou-lhe pontualmente os 200 contos, mas o meu amigo, ao convertê-los de novo em libras, só se viu com 4.200 libras, em vez das 10 mil que trouxera. Está claro que fez "cruz canhoto" no Brasil e foi empregar o resto do seu dinheiro no Uruguai, onde o valor da moeda nacional é constante.

– Não há dúvida – comentei eu. – Esse "bife" foi bigodeando...

– A outro amigo sucedeu o inverso – prosseguiu Mister Slang. – Trouxe 10 mil libras ao câmbio de 5 e retirou-as ao câmbio de 7. Ganhou na conversão 4 mil libras. Também se foi embora. "Quero negócio e não jogo; jogo por jogo, prefiro Monte Carlo", disse-me ele ao partir.

Eis a razão do horror que o Brasil inspira ao capital europeu e americano. Os homens de negócios preferem 3% lá a 12% aqui, porque 3 lá são 3, e os 12 de cá valem tanto como uma parada em roleta. Podem ser muito, podem ser zero.

– De fato, Mister Slang. Isso que acaba de dizer é irrespondível. Mas acha que com a estabilização da moeda virá capital?

– Em proporções que ninguém aqui pode sequer sonhar, meu amigo! No princípio talvez não muito. A desconfiança será natural. O Brasil muda tanto de orientação que é preciso "ver primeiro". Ver se há constância na nova política e se o futuro governo não destruirá a obra deste, como os sucessores de Afonso Pena destruíram a sua. Mas verificado que o bom senso e a honestidade se implantaram de novo no Brasil, o ouro acudirá em onda e esse colosso passará de *cul de jatte* a Hércules.

– Os anjos digam amém! Já é tempo de cessar o nosso eterno e vergonhoso cul-de-jattismo. E imigrantes?

– A mesma coisa. Hoje pode-se dizer que não há corrente imigratória para o Brasil. Vêm para cá uns poucos iludidos e um certo refugo que não encontra guarida em parte nenhuma.

– Mas é um erro isso – exclamei –, pois o imigrante encontra cá o melhor campo de expansão, se é trabalhador.

– O homem trabalhador prospera em toda parte, porque riqueza é sinônimo de trabalho acumulado. Mas como o produto do seu trabalho se reduz a moeda e *esta joga ainda quando imóvel na gaveta*, dá-se com ele o mesmo que com o capitalista.

Na minha última viagem à Inglaterra tive oportunidade de conversar com um carpinteiro desempregado que queria emigrar.

– "Quanto ganha no Brasil um carpinteiro?" – perguntou-me ele.

– "16 mil-réis diários" – respondi.

– "E quanto valem 16 mil-réis?"

– "Varia. Valem 2 libras..."

O homem deu um pulo.

– "Maravilhoso! Vou já para o Brasil!"

Mas esfriei-o:

– "... ou valem 1/3 de libra apenas".

– "Como? Que absurdo é esse?" – exclamou o pobre homem, de olhos arregalados.

– “Câmbio, meu caro. Há lá uma coisa chamada câmbio, que espicha ou encolhe o valor da moeda nacional.”

– “E a gente do Brasil vive sob um regime desses? Não arrebentam todos?”

– “A vida lá se resume em fazer ginástica, em dar pinotes para adaptar-se ao câmbio do dia. O brasileiro distrai-se com isso e esquece-se de enriquecer.”

O carpinteiro, sólida cabeçorra do Southdown, riscou o Brasil do mapa das suas cogitações. Dias depois partia para a Argentina.

– Realmente! – exclamei. – Está aí um aspecto da questão que nunca me ocorreu. Quer dizer que no dia em que tivermos moeda estável o afluxo de braços será enorme...

– Colossal! O Brasil inteiro se transformará num estado de São Paulo, que se é o que é deve-o sobretudo a um pouco de braço e cérebro europeu que para lá se encaminhou.

– Mas o paulista não diz isso. Atribui tudo a si.

– Engano. Os paulistas de verdade reconhecem que o estrangeiro foi magna parte no progresso local, como também admitem que muito cooperou para esse progresso o senso das realidades que caracteriza a mentalidade paulista. Os brasileiros do Norte, por exemplo, em vez de senso da realidade possuem o senso da irrealidade.

– Não só os do Norte. O nosso último presidente, saído do Centro, também possuía esse espírito.

– De acordo. Mas por exceção. E tanto que já está à margem, repudiado pelos seus próprios partidários, que o quere asilar no Senado. O crime que ele cometeu contra a expansão econômica de São Paulo é das maiores monstruosidades que se observaram no mundo. Fez que a árvore doente chamada Brasil se podasse do seu galho mais vigoroso...

– E preparou o terreno bombardeando a cidade... A história meterá o bombardeio de São Paulo entre os sadismos que não têm perdão...

– Meu caro, os tronos e as curuis supremas têm abrigado as mais monstruosas cerebrações. É uma contingência humana que com a vontade de aço raro se alie à luz da inteligência, e vice-versa. Incalculável o que têm sofrido os povos com a loucura dos governantes! Nas autocracias, com a loucura dos autocratas. Nas democracias, com a loucura dos Congressos servis. E temos de nos conformar com isso – com o periódico advento da loucura ao poder, chame-se ela Luís XIV, Convenção Francesa ou tenha o nome do ex-presidente...

– Luís XIV? Põe então um rei tamanho entre os loucos?

– Do ponto de vista sociológico foi um monstro como outro qualquer... A revogação do Édito de Nantes... O incêndio do Palatinado...

– Vejo que só não são monstros esses nossos reis de xadrez – disse eu movendo uma torre.

– É que têm os movimentos muito restritos e só defensivos. Déssemos-lhes o movimento do cavalo, por exemplo, e os veríamos fazer no xadrez tantas loucuras como os reis de carne e osso as fazem na história – concluiu Mister Slang movendo também uma torre.

CAPÍTULO VI

Do período ciclônico

Perto do bangalô de Mister Slang há um morro de onde se avista toda a cidade. Fomos até lá.

− Veja que maravilhoso panorama! − disse o meu inglês. − Nem Nápoles! Nem Constantinopla!...

O dia estava lindo, de céu translúcido e ar varrido de brisas frescas. Olhei para o mar, para as montanhas longínquas, para o casario da cidade e enchi-me de orgulho. Calei-o, porém. O meu amigo era acerado nas ironias e tive medo de uma picada.

Sentamo-nos sob as árvores e retomamos o fio da nossa conversa.

− Que acha do senhor Washington Luís, o novo presidente, Mister Slang?

− Não acho coisa nenhuma. Foi escolhido para síndico de uma grande massa falida e, como nunca funcionou de síndico, temos de aguardar seus atos antes de julgá-lo.

– Massa falida? Pois Mister Slang já dá ao Brasil o nome de massa falida?

– E então? Não há ofensa nenhuma em admitir uma situação de fato. Inúmeros países, hoje prósperos, já faliram. Falir é tão comum entre nações como entre particulares. E só vejo possibilidades favoráveis no senhor Washington Luís se considerar-se como síndico de massa falida e agir como tal, despido de quaisquer ilusões. E parece-me que se convenceu desse papel. O ato número um do seu governo qual foi? Uma concordata. Estabilizar a 6 é ato honestíssimo, pois reconhece a bancarrota e sem *ambages* faz proposta aos credores – e proposta boa, pois é de 40%. A Alemanha não pagou coisa nenhuma...

– Acho a sua linguagem muito crua hoje, Mister Slang.

– É o ar, o céu azul, o lindo panorama. Dentro da natureza o homem se varre da aura de mentira com que dentro de casa anda envolto.

O Brasil está em falência desde o dia 13 de junho de 1909, quando morreu Afonso Pena. Nunca um chefe de Estado morreu tão fora de propósito. Havia um ciclone incubado no velho tumor militar do Brasil, tumor que nasceu lá pelos fins da Guerra do Paraguai e vem dando febres no país até hoje. Febre intermitente. A habilidade dos velhos estadistas monárquicos que aderiram à República conseguiu manter o ciclone em estado de tumor. Esperavam que com o tempo o organismo o reabsorvesse. E assim seria, se a morte de Afonso Pena não viesse arrancar o governo das mãos desses experimentados e prudentes varões para entregá-lo à mazorca. "Basta de conselheiros!" foi o grito de guerra. Esse grito queria dizer: basta de experiência e prudência. Quando o Marechal Hermes, instigado por Pinheiro Machado, lançou o repto ao último conselheiro da monarquia com assento na suprema curul republicana, nesse dia o Brasil atingiu o ponto mais melindroso de sua vida. Ou salvava-se ou despenhava-se no buraco, indo até a falência. Afonso Pena aparou o golpe, demitindo-o e nomeando outro ministro.

Estaria salvo o Brasil, se a morte não viesse inverter a situação. Mas morre o último conselheiro, vence Pinheiro Machado e começa a bacanal. A partir do momento em que Nilo Peçanha sobe ao Catete, o tumor rompe e o ciclone explode. Um fato diz tudo e traça o programa que foi seguido à risca até o último 15 de novembro. Nilo telefonou a Nuno de Andrade em

Petrópolis (isto ouvi eu da boca deste grande médico, muito meu amigo), participando-lhe que o escolhera para prefeito. Meia hora depois Nilo assinava o decreto nomeando para prefeito o Serzedelo Corrêa...

Desaparecera o escrúpulo moral. Entronizara-se no governo o amoralismo, a "injunção política", e eu, um inglês, não preciso dizer a um brasileiro o que têm sido esses longos anos de furação amoralista. Hoje me dá o Brasil, visto em conjunto, a sensação de uma terra devastada. De pé, coisa nenhuma. O que está de pé não resiste a um empurrão; vacila. O último governo culminou e sistematicamente inverteu todos os valores morais ainda a prumo. O ruim ficou sendo o bom, e vice-versa. Já leu o Marquês de Sade?

– Nunca.

– Pois leia. É um grande escritor, cujos romances revelam a mais monstruosa inversão moral ainda observada no mundo. Os personagens bons veem-se horrivelmente castigados e os maus recebem todos os prêmios. Pois a obra do último governo me lembra a *Histoire de Juliette ou Les prosperités du vice* escrita por um boticário.

Mas a mim me parece que a última presidência foi o remate do período ciclônico, visto que o instinto de conservação dos povos não permite que tais períodos se eternizem. Assim é que o próprio ex-presidente escolheu como substituto (e foi o único ato ilógico que praticou) um verdadeiro valor moral. Parece a mais absurda das contradições a escolha do senhor Washington Luís, que é positivamente honesto, ter sido feita por um homem do qual não se pode dizer o mesmo. Por que essa escolha? E que o instinto de conservação nacional agiu e fez seu instrumento o próprio presidente que levou às últimas consequências a crise de moral começada com a morte de Afonso Pena. Não há outra explicação.

– E acha Mister Slang que o novo presidente, sendo um valor moral, conseguirá restabelecer a moralidade no Brasil?

– Não acho. Poderá iniciá-la apenas. O trabalho reconstrutivo é lento e não cabe nas forças de um homem. Enquanto perdurar no organismo administrativo a ação dos elementos amorais, nele sistematicamente embutidos durante o período ciclônico, o Brasil não recuperará a saúde moral. E isso é demorado. Pedro II tinha o maior escrúpulo na nomeação de um simples juiz que fosse. Sabia que um mau juiz é calamidade vitalícia. Ora, a República, até Afonso Pena, ainda muito se beneficiou com a projeção no tempo do célebre lápis azul do imperador. Mas o amoralismo que daí para cá presidiu à escolha dos substitutos desses homens, até quando operará os seus tristes resultados? Contra um mau ministro do Supremo Tribunal, com 10 ou 20 anos de vida, que poderá o senhor Washington Luís, que dentro de 3 e pouco não será mais governo?

– Quer dizer que o crime máximo do último governo constituiu nesse enxertar amoralidade no corpo administrativo, sobretudo na Justiça – na Suprema Justiça...

– Sem dúvida. O critério único da escolha era a subserviência. Quem demonstrasse alguma rigidez de caráter ia para a lista negra. Ora, a subserviência tem isso consigo: é maléfica ou inofensiva, conforme a feição do homem colocado no posto supremo.

Enquanto tivermos no alto homens honestos, o país não se ressentirá grandemente do amoralismo desses enxertos. Mas no dia em que os azares do acaso levarem ao Catete um homem dúbio, cético, fraca ou francamente desonesto, esses sopitados vícios de caráter ressurtirão espontaneamente. O subserviente subserve. Serve sob. Reflete.

Transforma-se em monstro sob Calígula, ou em passivo homem de bem sob Marco Aurélio.

– A vida do país fica instável, em pura dependência do padrão que está na cúspide...

– Perfeitamente. Ao passo que o elemento moral, o juiz honesto, o é sempre, tanto sob Calígula como sob Marco Aurélio.

– Compreendo. O Brasil está envenenado. Com maleitas...

– Boa imagem. Está com o germe da maleita no organismo. Conforme for o governo que tenha, honesto ou desonesto, assim se comportará a sua maleita incubada.

– E o remédio?

– Curar-se. Eliminar do organismo os germes da maleita. Quinino. O quinino da honestidade – não durante 4 anos, mas durante tantos quatriênios quantos necessários para a total eliminação dos elementos amorais que o período ciclônico lhe meteu dentro.

– E acha isso possível?

Mister Slang fingiu não ouvir a minha pergunta.

– Olhe – disse ele apontando para certa ilha. – Veja que lindo quadro forma aquele veleiro, a estampar a brancura de suas lonas de encontro aos verdes do morro!...

Respeitei-lhe a discrição e desconversei.

CAPÍTULO VII

Da indústria da repressão

Mas o barco deu volta e breve se sumiu por detrás da ilha. Desfez-se o lindo quadro e Mister Slang pôs o pé na realidade, de onde o tirara aquele momentâneo "*Castagnetto*". Aproveitei o ensejo para interpelá-lo:

– Eu queria, Mister Slang, conhecer as suas ideias sobre a revolução. Quem já viveu entre nós 40 anos deve ter ideias assentes a respeito.

Mister Slang respondeu-me com a fleuma de um naturalista de cérebro ordenado à inglesa.

– As revoluções brasileiras – disse ele – incluem-se no quadro geral das endemias que assolam o país. Temos a opilação e a malária na gente rural, e já tivemos a febre amarela na gente urbana. A endemia revolucionária é febre que dá na gente desgostosa, armada ou em situação de armar-se.

– Gente desgostosa? – repeti sem compreender.

– Sim, gente revoltada contra a coisa única que revolta o homem, a injustiça.

– Mas Mister Slang já me deu como causa das revoluções a miséria...

– E que é a miséria senão a consequência última da injustiça na distribuição dos bens? A longa continuidade da injustiça leva o povo à miséria, e por fim a revoluções ao molde da francesa de 1889 ou da russa. Antes de chegar até lá, entretanto – e é este o caso do Brasil –, provoca revoltas parciais, sem forças para se alastrarem pelo país inteiro, e mais revoltas de grupos do que propriamente revoluções. Mas a origem é sempre a falta de justiça.

– Nesse caso, o remédio contra os levantes periódicos não pode ser a repressão – adverti.

– A repressão – explodiu Mister Slang – vale apenas como cataplasma. Não cura. Não curou na Irlanda, não curou na Rússia dos czares. Não curou em parte nenhuma. Tenta combater uma febre do organismo, esquecida de que a febre é mero efeito de uma causa. Não deixa de ser contristadora essa generalizada inépcia de combater febres com emplastros, sem o menor exame das causas reais. Vejo que bem merecem os homens as ironias do meu Bernard Shaw...

– Mas por que se generalizou no mundo o emprego do cataplasma repressivo? Há de ter sua justificação.

– E tem. É o meio prático de evitar que se extingam os levantes e com eles a *indústria da repressão.*

Olhei com espanto para Mister Slang. Não o entendi.

– Sim – explicou ele –, indústria da repressão ou indústria do legalismo, uma das mais rendosas que o homem ainda inventou. Encarta-se nas indústrias de guerra. É a que permite ao *profiteur* maiores lucros, em troca de menos serviços, em menor espaço de tempo. É a velha pilhagem dentro da lei e sem riscos de nenhuma espécie.

– Indústria criminosa! – exclamei, tomado de ingênuo horror.

– Para o sociólogo. Mas no mundo não vejo sociólogos. Vejo lavradores, negociantes, industriais, burocratas, militares, políticos. Quem os consultar sobre a repressão dos levantes pelas armas ouvirá, em todos os países, duas ordens de razões. A favor e exaltadíssimas, nos que estão dentro da indústria. Resignadas e perfeitamente sociológicas, nos que lhes sofrem os males. A consciência do homem comum mora no bolso, eis tudo...

– Mas um governo legalmente constituído não pode deixar de reprimir levantes – aventurei eu.

– Evidentemente que não pode. Seria uma incoerência que tendo criado a causa do levante por meio dos seus atos de injustiça ou encampação de injustiça anterior (e incluo entre os atos de injustiça os atos de desonestidade) não procure defender-se, defendendo-os. O reconhecimento do erro e a volta atrás só seriam concebíveis num governo justo; mas o governo justo não praticaria atos injustos, nem os encamparia – donde o afastar-se para muito longe a hipótese do reconhecimento do erro, isto é, do único remédio verdadeiro contra o mal dos levantes.

– O seu raciocínio, Mister Slang, leva a conclusões absurdas. Leva à conclusão de que os levantes não se reprimem nunca e perpetuam-se – o que não é fato. As revoluções terminam.

– A revolta armada contra a injustiça não terminará nunca na vida do homem sobre a Terra. Interrompe-se apenas, gangliona-se de armistícios, de aparentes submissões, de momentos de repouso. O estado revolucionário do mundo só cessou nos países que entronizaram a justiça. Veja o caso brasileiro do Sul. Como a causa-injustiça persiste, a revolução no Sul é constante, apenas interrompida por pausas de repouso. Ninguém fez ainda a conta do que, desde o início da República, vem ela custando ao Brasil em vidas, destruição, lucros cessantes e miséria. Seria um cálculo de arrepiar.

Que têm feito as enormes somas de dinheiro e de esforço despendidas na repressão? Têm fomentado o espírito de revolta, isso sim; têm preparado novos atos do mesmo drama. A revolução esteve, está e estará no Sul enquanto a arma erguida contra ela for a espada e não a balança da justiça. O filho inda no berço herda a revolta de coração do pai morto na luta. Os anos passam. As crianças fazem-se homens – e a revolução, aparente- mente sufocada, ressurge.

– Mas é mal da América Latina.

– Mal da iniquidade, apenas.

– Todas as repúblicas sul-americanas vivem assim.

– Muitas já encerraram esse ciclo. O Uruguai foi uma charqueada de homens durante anos e anos. Hoje é um dos mais felizes e prósperos recantos do mundo. O mesmo se dá com a Argentina.

– E a que atribui Mister Slang essa reviravolta?

– Não é preciso muita argúcia para perceber que o fim do período revolucionário na Argentina e no Uruguai coincide com duas medidas de justiça: estabilização da moeda e voto secreto. Uma trouxe a justiça econômica: direito a quem trabalha de prosperar ininterruptamente. Outra, a justiça social: direito de o cidadão eleger de acordo com a sua consciência. E o que a bruteza das armas não conseguiu em trágicos decênios de repressão, essas duas elementares medidas de justiça o conseguiram suave e instantaneamente.

– Admito o voto secreto, mas vejo o reverso da medalha. Esse sistema de voto destrói as elites.

Mister Slang permitiu-se um sorrisozinho de malícia.

– Abusamos por aqui, meu caro, da palavra elite. Eu a interpreto como a nata dos valores morais e mentais do país e logicamente pergunto: encartar-se-á nesta definição a elite que entre nós domina?

Como eu vacilasse na resposta, Mister Slang continuou:

– O Brasil possui a sua elite. Não há leite, por magro que seja, que não dê creme sobrenadante. Mas será um creme naturalmente sobrenadante o grupo que aqui domina? Foi assim na Argentina antes de Saenz Peña?

– A resposta é difícil – murmurei.

– Tem sido aqui uma seleção natural, a seleção dos valores? O fato de ser valor mental ou moral leva para cima? Vejo valores morais e mentais em cima, não porque sejam valores, mas pelos acasos da flutuação. A regra, sob o regime do voto a descoberto, é uma seleção artificial, muito às avessas da natural e merecedora dos adjetivos dos jornais amarelos. Nem é sequer uma seleção consentida. Na alma do homem que votou contra a sua consciência subsiste um fundo de rancor. Foi vítima de uma injustiça. É um revoltado. Será um revoltoso se lhe calhar ocasião.

– Há o receio de que com o voto secreto as massas predominem. A maioria nunca vale a minoria.

– A mim também me parece que é assim e por isso condeno o voto secreto obrigatório. Em matéria de voto, isto é, de escolha, só pode valer a qualidade do eleitor. Que importa o número? Voto obrigatório dá vitória ao número, com depreciação da qualidade. Mas voto secreto apenas, sem obrigatoriedade, traz seleção. Automaticamente afasta das urnas a massa ignara e atrai a elite consciente – o *eleitor nato.* O erro das democracias vem de admitir que o diploma de eleitor outorga faculdade eletiva. Admitamos Assis Brasil e o seu cozinheiro, que é um pobre tonto, ambos com diploma de eleitor. Serão *eleitores naturais* ambos?

– Não, está claro. Eleitor nato, isto é, consciência e capacidade de escolha, só será o primeiro.

– Como então *obrigar* o cozinheiro a votar e a *destruir* assim o alto valor do voto consciente e medido de Assis Brasil? Muitos hão de rir-se nossos netos das nossas tolices de hoje. Sufrágio universal e voto obrigatório serão motivos de gargalhadas estrondosas. No entanto...

– ...ainda fazem parte dos programas mais adiantados...

Mister Slang assentou o binóculo para a baía e pôs-se a acompanhar um “ita” que entrava.

CAPÍTULO VIII

Da camisola de força

Ao acender o cachimbo Mister Slang verificou que estava sem fósforos. Ofereci-lhe a minha caixa, não aberta ainda. Ele rompeu o selo com a unha e depois da primeira baforada disse:

– O esforço que acabo de fazer para abrir esta caixa de fósforos repete-se no Brasil cinco milhões de vezes por dia. Supondo que um quilogrâmetro de força muscular dê para abrir 200 caixas, teremos um dispêndio de 333 cavalos-vapor para abrir os 5 milhões de caixas que se abrem diariamente, ou seja, num ano, 121.500 cavalos. É o esforço, o dispêndio inútil de energia que um simples selo, grudado às caixinhas de fósforos, exige do país.

– Está interessante o seu cálculo, Mister Slang; mas a que vem ele?

– Para exemplificar de um modo entradiço pelos

olhos que o sistema tributário do Brasil, não contente de tomar dinheiro, também toma esforço. É, pois, um sistema de taxação nocivo ao país. Cobra duas vezes – uma em moeda, outra em energia humana.

– Mas a perda de 121.500 cavalos por ano é nada para um país tão rico em cavalos...

– Toda perda é uma perda, e não é só na taxação de fósforo que se dá esse desperdício de força. Não conheço nenhum imposto por aqui que não cobre duas vezes. Um estudo nesse sentido nos levará a resultados espantosos, pois verificaremos que talvez metade da energia brasileira se esvai em pura perda, na luta contra a feição antieconômica e incômoda dos impostos.

– Isso é verdade. Já lidei com o Fisco e conheço os embaraços que ele cria até para receber as taxas. Para *receber*! Qual será a causa disso, dessa mentalidade de cuscuta, Mister Slang?

– É mal que vem de trás, dos tempos do Brasil Colônia. Portugal, ao tomar posse da terra nova, cuidou de uma coisa só: o Fisco. A colônia existia para o Fisco. A Fazenda Real era tudo e os interesses do povo eram nada. E o Fisco se organizou atendendo unicamente às suas conveniências. A inépcia dessa concepção é que nos permitiu, a nós ingleses, tomarmos conta de todas as colônias lusas que nos convinham. Mas o Fisco organizou-se cá muito a cômodo, sem respeitar coisa nenhuma além do seu interesse – pessimamente entendido, aliás. Veio depois a independência, a Monarquia, a República, e em todas essas mudanças se mexeu em tudo, menos no Fisco. Ficou ele com o mesmo arcabouço e a mesma psicologia colonial. Daí a sua forma de *castigo ao trabalho*, de empeço aos movimentos livres, que caracterizam as taxas republicanas, culminadas agora no monstruoso imposto sobre a renda. E o país que se desiluda. Não haverá progresso possível enquanto não houver mudança de mentalidade a esse respeito. Não é amarrando um homem e embaraçando-lhe todos os movimentos que esse homem ganhará corridas no *steeplechase* internacional.

– E se fosse só isso! – exclamei contristado. – Há ainda a iniquidade dos impostos antieconômicos – o de barreira, por exemplo, e o de exportação...

Mister Slang pôs o chapéu na cabeça para regressar ao seu bangalô. Erguemo-nos daquela agradável sombra e partimos. A conversa prosseguiu durante o percurso.

– Esse Rui Barbosa que o Brasil tanto admira – disse ele –, mas cujas opiniões sempre desprezou, teve a respeito do imposto de exportação palavras que me ficaram. Disse-as em carta ao meu velho amigo José Custódio Alves de Lima, que tanto se bateu contra tal imposto, sem ser ouvido: *O nosso empirismo tributário é um regime de sangria espoliativa a que nenhuma nação, das mais vigorosas do mundo, resistiria. A escravidão fiscal desenvolvida com uma carniçaria cada vez mais voraz, pela União, pelos estados e pelos municípios, não faz menos pela atrofia do nosso organismo nacional do que a escravidão negra, a que sucedeu com vantagem na pertinácia e na estupidez. A fúria do protecionismo e a inconstitucionalidade crônica dos impostos interestaduais são três suicídios sistematizados a que o Brasil se entrega impenitente e consolado, como os maníacos do álcool, do ópio ou da cocaína. Os nossos financeiros, criaturas da rotina, são os ministros conscientes da loucura deste outro vício etnicida, que mata a nossa nacionalidade.*

– Irra! – exclamei. – Não se pode fazer uma síntese mais rigorosa! O que me admira é que apesar disso o Brasil prospere.

Mister Slang sorriu com piedade e replicou suavemente:

– O Brasil não prospera, meu caro. Não pode prosperar. Chamam vocês aqui prosperidade a um claro fenômeno de gigantismo. Há deformação para o maior apenas. Inchaço. Entre Argentina e Estados Unidos, o Brasil dá-me a ideia duma lesma ensanduichada entre duas locomotivas. É que o Brasil se afez à sua miséria crônica, como o chim, e não vê, e não compara. O Brasil, perdoe-me a sinceridade, é um pobre gigantão *hebeté*. Brinca com brinquedinhos de Nuremberg: – a sua "imensa riqueza", a sua "inteligência" etc., e já perdeu de todo a sensibilidade e o senso do real. Não é impunemente que se martiriza em camisola de força um pobre rapaz...

– Isso também não. A produção brasileira já sobe a 5 milhões de contos por ano – exclamei com orgulho.

Novo sorriso de dó aflorou aos lábios de Mister Slang.

– 5 milhões de contos, para 30 milhões de habitantes, num território de 8 milhões de quilômetros quadrados! Quer dizer uma produção anual correspondente a quatro meses da fábrica Ford...

Dei um pulo para trás e por um triz não me despenhei num buraco.

– Será possível, Mister Slang? Não está exagerando?

– Verdade puríssima, meu caro. Em quatro meses os operários da Ford Motor Company produzem tanto como o Brasil inteiro em um ano... Creio que não é possível tornar mais flagrante a miséria, a ínfima força produtiva deste país. E nem podia deixar de ser de outro modo. Com o regime de impostos que tem, com os vícios burocráticos que alimenta, ainda é muito que o Brasil faça o que faz. Mas o meu amigo sabe que na concorrência da vida os povos que não se defendem à força de progresso e eficiência mais dia, menos dia perecem. O vosso Brasil perecerá...

– Os países não morrem, Mister Slang. A morte é fenômeno individual.

– *Est modus in rebus.* Neste território já houve um Brasil ameríndio. Que é dele? Remanesce no fundo dos sertões, em tribos expulsas do litoral e condenadas ao desaparecimento. Hoje temos um Brasil luso-africano. Por que não há de morrer, como morreu o Brasil ameríndio? A terra fica, mas os povos passam. A história está cheia de *tentativas de povos*, crisálidas de nações, cascas de casulos donde não saíram borboletas.

– O seu receio parece-me infundado, Mister Slang. Temos energias em estado latente, que explodirão no momento oportuno.

– Oportunidade só a esperam os fracos. Os povos fortes criam-na. O Brasil vive a esperar uma vaga oportunidade, enquanto os seus vizinhos forjam a sua. A propósito, e como reflexo da mentalidade do país, ocorre-me uma opinião do ex-presidente da República sobre as jazidas de ferro de Minas.

– Sei. Disse ele que eram uma reserva que nestes 200 anos poderiam valer muito e que devíamos deixá-las para os nossos netos.

– É isso. Li essa opinião e assombrei-me. Se um homem expoente, e tanto que já presidiu a nação, pensa dessa forma, que há mais a esperar? Daqui a 200 anos podem dar-se, entre inúmeras, estas duas hipóteses: não ter mais valor nenhum o ferro, graças à descoberta de um novo elemento, ou não existirem netos herdeiros das tais jazidas de Minas. Se Cunhambebe pensasse assim em 1499 e não comesse as pacas de sua taba de Araribá, para que 50 anos depois as tivessem, multiplicadas, os seus netos, teria evidentemente errado, porque no ano seguinte a aparição de Cabral viria transtornar a simplicidade desse cálculo. Quem passou a comer as pacas foram os portugueses.

– Não há dúvida...

– Estenda o raciocínio a todas as reservas naturais do país, à borracha, ao mate, à piaçaba, às madeiras, aos diamantes do Garça, ao manganês, ao babaçu, à fertilidade nativa da terra...

– Fertilidade nativa da terra?

– Sim. O café de São Paulo, por exemplo, não passa de um engenhoso meio de industrializar e comercializar a fertilidade nativa da terra roxa, que constitui a riqueza de São Paulo, como o ferro constitui a riqueza de Minas. Estenda o raciocínio e verá que botocudos nus não seriam vocês todos por cá se a política de conservar reservas fosse a seguida. Os povos que chamamos grandes são os que mobilizam as suas reservas naturais. Os que não o fazem permanecem de tanga, com tabuinhas no beiço.

– Donde se conclui que...

– Donde concluo que são três horas e o café deve estar na mesa.

De fato. Mal pusemos o pé na varanda o criado de Mister Slang veio chamar-nos para o café. Ao tomá-lo, Mister Slang disse:

– Sabe qual é a multa que paga a lavoura de café pelo crime de produzi-lo e permitir que com o seu produto o Brasil vá se aguentando? Nove por cento *ad valorem* – mais 5 francos por saca – mais mil-réis-ouro por saca...

Fremi de horror e lembrei-me do Brasil ameríndio desaparecido...

CAPÍTULO IX

Da proteção à incompetência

Depois do café Mister Slang levou-me para sua biblioteca. Muito falava ele na sua biblioteca e eu tinha grande curiosidade de conhecê-la, imaginando coisa aí para dez mil volumes. Enganei-me. A famosa biblioteca se resumia numa edição da *Enciclopédia Britânica*, impressa em fino papel da Índia e encadernada em camurça.

– Só isto, Mister Slang? – exclamei desapontado.

– Acha só isto ao tudo? – respondeu ele rindo-se. – Já possuí numerosos livros, mas desfiz-me deles como de trambolhos quando me convenci de que a *Enciclopédia Britânica* resume toda a sabedoria humana. Livros novos chegam-me diariamente. Examino-os e mando-os ao meu belchior. Já li muito, meu caro. Hoje prefiro pensar. Entretanto, de vez em vez surgem livros que me seduzem. O último que teve condão foi este – disse Mister Slang, abrindo uma gaveta e tirando uma brochura nacional.

Reconhecia-a logo. Era a *Terra desumana*, de Assis Chateaubriand.

– Bravos! – exclamei. – Também li esse terrível libelo e muita curiosidade tenho de ouvir a sua opinião a respeito.

– Depois. Agora só quero acentuar o fato desta pequena brochura ter-me custado 8 mil-réis. É caro. O grau de cultura de um país mede-se pelo preço dos seus livros.

– A vida no Brasil é cara; tudo é caro entre nós. País novo...

Desta vez Mister Slang não sorriu como de costume, antes gargalhou descompassado, com grande desapontamento meu. Espantou-me aquele excesso em homem tão comedido.

– País novo! – repetiu Mister Slang. – Vejo esta razão apresentada muito amiúde, como uma das fórmulas, uma das frases feitas do brasileiro. Já meditou sobre ela? O Brasil é velho, meu caro, é um dos povos mais velhos do mundo. Idade, nas pessoas ou nos povos, não se calcula pelo número de anos. Há velhos de 20 anos e septuagenários moços. No Brasil só vejo sinais de velhice. A raça que o habita é o velhíssimo português, misturado com o arquivelho africano, mais o venerável pele-vermelha que por séculos e séculos ocupou este território. A terra tem a idade comum de qualquer outro trecho da crosta terrestre. País novo por quê?

– A raça é velha, concordo, e a terra também; mas o país é novo.

– Mas que é país senão raça numa terra? Como velhice-raça mais velhice-solo pode resultar em mocidade? Os povos denunciam sua mocidade nas ideias, na alegria da vida, na dionisíaca vontade de poder. É moço o povo americano, como é moço o povo alemão. O brasileiro é velhíssimo. Onde o entusiasmo criador, o ímpeto para formas só suas, o *rush* de avalanche para um *über alles* qualquer? Dê-me um rapazola, seu patrício, que não pense com cérebro de 70 anos, e que ao sair de uma escola superior não aspire a entrar na vida "já aposentado", isto é, que não aspire a colocar-se num dos quadros do monstruoso parasitismo burocrático que aqui rói, como piolheira, o trabalho dos que ainda trabalham. Não me fale na mocidade deste país – e dado que existisse não vejo como poderia tornar-se causa do preço exagerado desta brochura. A causa real da vida cara no Brasil reside no protecionismo.

– Orientação, aliás, fecunda – atalhei –, pois sem ele não criaríamos as nossas indústrias.

Nova gargalhada de Mister Slang. O homem estava positivamente fora dos eixos...

– Só uma coisa – disse ele depois que serenou – cria a indústria, a boa, a sólida indústria que presta serviços à sociedade humana – e essa coisa é incompatível com o protecionismo.

– ?

A concorrência. A humanidade somente progride dentro do respeito às leis biológicas. A concorrência é a lei biológica do progresso. Tudo quanto impede, embaraça ou retarda a concorrência atua contra o progresso. O protecionismo impede a concorrência. Logo, é a morte da indústria.

– Acho – disse eu – que Mister Slang está hoje excessivo em suas afirmações – e paradoxal...

– Atenda-me e verá que não existe nas minhas palavras excesso nenhum. Que é indústria? Fazer uma coisa. Entre duas indústrias, qual a melhor? A que faz melhor, a que produz melhor. A vitória da melhor, única proveitosa para o mundo, vem à custa da derrota ou da supressão da pior. Se uma força estranha intervém e impede o melhor de matar o pior, que sucede?

– Regresso, perda, mal...

– E que é o protecionismo senão essa força estranha que impede a vitória do melhor e protege o pior? O protecionismo não *protege a indústria* e sim, apenas, a *incapacidade industrial*. Evita que o bom vença e toda a comunidade se beneficie com essa vitória. Perpetua o mau – e leva a comunidade ao consumo forçado do mau produto, do produto que, pelas leis da natureza deve desaparecer.

– Mas de outra forma um país não pode ter indústria – adverti.

– Não poderá ter indústria de muletas, só de lucro para o industrial, pois o protecionismo é o meio de criar essa monstruosidade. Mas que vantagem há para um país em criar no seu organismo esse inchaço simulador de músculo? A espoliação nunca aproveitou a ninguém. O protecionismo enriquece alguns indivíduos mas empobrece a comunidade. Se eu pago 3 mil-réis por um mau produto que poderia obter, ótimo, por 2, empobreço-me de 1 mil-réis. Há vantagem para um indivíduo ou para um país em empobrecer-se de 1 só mil-réis que seja?

– Quer dizer que há duas indústrias, uma de serviços e outra de...

– ... pilhagem, de exploração. A primeira enriquece os países e beneficia a todos os homens. A segunda só beneficia – e momentaneamente – o explorador.

– Momentaneamente apenas?

– Sim. Como outros perderam para que ele ganhasse, baixou o nível da prosperidade geral do país e o industrial momentaneamente favorecido irá mais tarde, por si ou seus filhos, sofrer as consequências dessa baixa da prosperidade geral.

– Realmente. Parece-me que Mister Slang tem toda a razão... – concluí, pensativo.

– Transporte o protecionismo para outro campo e verá como se torna clara a demonstração. Suponha dois médicos numa pequena cidade, um bom, outro mau. O bom, visto que cura os doentes, atrai enorme clientela. O mau vê-se às moscas. Mas intervém o protecionismo. Uma lei municipal põe guardas à porta do bom médico e cobra uma taxa feroz de cada cliente que o procura. Os ricos se arrumarão. Pagarão a taxa e terão a boa assistência. Os pobres – e eles constituem os 99% da cidade –, não podendo pagar a taxa, recorrem ao mau médico. Este prospera, está claro, enriquece – mas lucrou com isso a comunidade? Cresceu o índice da saúde geral?

– De fato, uma cidade assim pereceria. Mas que há de fazer o mau médico? Morrer de fome?

– Está claro. Só tem direito de fazer uma coisa quem a faz melhor que os outros. É a lei do progresso.

– De modo que para Mister Slang as nossas indústrias protegidas constituem um mal... Mas não negará que muito nos serviram durante a conflagração europeia.

– Ponto a discutir. Mas dou de barato que assim tenha sido e pergunto se é argumento sério. Conservar no organismo uma ordem de coisas viciosa, que o debilita, que o mata, só porque num eventual caso de guerra possa tomar-se um momentâneo bem, será fórmula defensável? Faz-me lembrar um homem que andasse léguas e léguas descalço, a ferir as solas nas pedras do caminho, só para beneficiar-se com a frescura da água de um riacho eventual que tenha de passar a vau. A Argentina, que não tem indústrias falsas, não se arrumou perfeitamente durante a conflagração? Não saiu ganhando, não está mais próspera do que nunca, ao passo que o Brasil geme no atoleiro, enterrado até ao nariz?

Mister Slang tinha razão e eu não quis insistir em minhas tolas objeções. Mudei de assunto e interpelei-o:

– Voltando atrás, que acha, Mister Slang, de *Terra desumana?*

Mister Slang não respondeu de pronto. Ficou como quem procura uma fórmula sintética para definir um caso difícil. Depois disse:

– Um retrato de corpo inteiro, feito por um mestre retratista.

– Parecido?

Mister Slang vacilou.

– Um tanto enfeitado – respondeu por fim. – O pintor deu ao original um vulto que me parece fora da realidade. Desenvolveu à Carlyle o que apenas fazia jus a estilo de relatório clínico. Houve erro de amplitude, evidentemente.

Preparei-me para ouvir uma alta revelação. Mister Slang, entretanto, calou-se; e ao voltar-se para meter na gaveta a *Terra desumana* deu com o braço numa estatueta que havia sobre a sua secretária. O bronze veio ao chão e fez-se em cacos. Não era bronze, era barro bronzeado apenas.

CAPÍTULO X

Do capítulo que faltou

– Lá se foi o meu escriba! – exclamou Mister Slang de olhos postos na estatueta em cacos.

Era uma reprodução em terracota do menos hierático remanescente da arte egípcia, hoje no Museu Britânico.

– Tinha valor a reprodução? – perguntei.

– Apenas como documento de que até na Inglaterra se bronzeia o barro, o que é um contrassenso. A pátina de bronze dá ao barro o aspecto, não a dureza, que é o próprio do bronze. Comprei-a no Strand, por ocasião da minha última visita a Londres.

– Mas, voltando atrás, Mister Slang, que acha de *Terra desumana*? – insisti.

– Acho-a lógica em excesso. O vulto ali descrito assume proporções carlylianas e quase caberia num segundo volume do *Heroes and hero-worship*, que se intitulasse "municipal-heroes and municipal hero-worship". Vejo uma forma baixa de heroísmo na resistência municipal do retratado.

– Também me parece isso. Só não aceito os meios de que lançou mão.

– Poderia escolher outros?

– Devia escolhê-los. Fazendo o que fez, lançou mão de meios imorais, deprimiu o país, rebaixou-lhe o caráter já fraco, e com isso produziu um mal maior do que não resistindo.

– Então foi uma desgraça...

Mister Slang concluía com menos precipitação. Tinha nas veias sangue de juiz inglês e ponderava muito antes de emitir sentença.

– Os fenômenos sociais são bastante complexos, meu caro. Do mal nasce o bem e não raro do bem nasce o mal. No governo passado eu vejo males terríveis que podem florir em maravilhosas messes de bem...

– Por exemplo...

– A hostilidade, a guerra, a destruição da economia paulista, sob pretexto de que estava em desequilíbrio com o resto do país, trouxe, como reflexo, a ideia da estabilização da moeda, isto é, uma situação fixa que não permita "nunca mais" tais atentados. O excesso de mal trouxe um bem.

Outro mal que trouxe um bem foi a exagerada corrupção da imprensa. O governo novo já reagiu e saneou o país da inominável infâmia. Se a corrupção tivesse sido moderada e discreta, quem sabe se não continuaria inda hoje aquele regime?

Outro: o ódio e o favoritismo levados às últimas. Esses excessos patentearam de tal arte os vícios do sistema que o instinto da conservação nacional fez surgir um homem cujo lema é o oposto: "Nem rancor, nem favor". Em suma: o ex-governo forçou no atual uma verdadeira reversão de processos, que não viria, talvez, se houvesse comedimento na passada inversão moral. Tudo isso me leva a conclusões opostas às do autor de *Terra desumana*. Acho que o ex-governo foi o mais fecundo da República em resultantes benéficas. Criou a mentalidade estabilizadora, que vai lançar as verdadeiras bases da prosperidade deste país, e demonstrou a urgência da moralidade administrativa.

– De modo que para bem julgar o ex-governo devemos esperar as realizações do seu sucessor. Pragmatismo...

– Perfeitamente. E se essas realizações forem o que eu espero, os brasileiros estarão no dever de erigir uma estátua ao nem mal compreendido que, espancando sem piedade um organismo semi-inerte, arrancou-o, pela dor, ao marasmo. Até a revolução, que esse homem provocou e conservou até o fim, vai resultar em frutos benéficos. A revolução é o meio mecânico de que dispõem os povos para apressar o dia de amanhã. Assim na França, na Inglaterra, na Rússia, em todos os países que evoluem.

Ora, a revolução se limitava aqui a episódios curtos demais para produzirem efeitos. O ex-presidente fomentou a revolução longa de que o país precisava. Donde concluo que nenhum homem de governo no Brasil ainda lançou mão de meios mais adequados para forçar o advento das três coisas que o país mais pedia: base fixa para os negócios, moralidade administrativa e reforma no processo da representação política. A estátua ao ex-presidente terá forçosamente este dístico: "Ao criador, por meios indiretos, da moeda-ouro, da moralidade no governo e do voto secreto, o povo agradecido".

– Voto secreto também?

– Sim. Quem falava em voto secreto anos atrás? Um ou outro raro ideólogo pregava-o às brisas. E essa forma eleitoral, hoje vitoriosa no mundo inteiro, só entre nós era desconhecida. Faltava-lhe propaganda. Faltava um chefe de Estado que por excesso de abuso na formação dos Poderes provasse a urgência de ser instituído o voto secreto também no Brasil. Essa prova o ex-governo a fez. E fez mais: forçou a revolução a tomar como lema o voto secreto, tornando-o conhecido e discutido no país inteiro. O voto secreto virá e a estátua ao ex-presidente consigná-lo-á entre as benemerências a ele devidas...

– Muito bem, Mister Slang, acha então que o prudente é suspendermos o juízo sobre o ex-governo, à espera das realizações do novo?

– Sim, porque o governo novo constitui a segunda parte do governo velho, do qual é filho. Constitui a parte construtiva. E tais sejam as suas construções, quem sabe se um dia até os encarcerados da Trindade não abençoarão o homem que, consciente ou inconscientemente, forçou a nota do mal e fez que dele abrolhasse o bem? Deus escreve direito por linhas tortas, diz a sabedoria popular.

– De modo que *Terra desumana*...

– É um precioso livro. Todas as finuras da lógica ali se encontram empenhadas em fazer fiel um retrato. E podemos medir da bravura desse livro pela violência dos ataques com que o agridem. Aceito-o plenamente como obra de arte, como primor de esgrima. Apenas lhe reconheço uma falha: a ausência do capítulo principal, o em que se ponha em suspenso o veredicto pela admissão da hipótese que acabo de expender.

– A hipótese de o ex-governo visar ao bem pelas linhas tortuosas do mal, tem graça...

– Não digo "visar", pois não possuo elementos para essa averiguação puramente psicológica e, portanto, impenetrável. Digo "chegar".

– Se não houve a visada consciente do bem, isso desmerece a obra, tira-lhe a justificativa única, que seria a intenção moral.

– Que importam ao país intenções? Só valem as resultantes positivas.

– Sempre pragmatista o meu Mister Slang! Creia que admiro a frieza desse seu cérebro britânico. Nós aqui, mais ardorosos, queremos, além dos resultados, as intenções.

– Infantilidade. O inferno está calçado de boas intenções e não há motivos para que as péssimas não levem muita gente ao céu.

Mister Slang tocou a campainha e guardou silêncio até que aparecesse o criado.

– Leve daqui estes cacos – ordenou-lhe.

O criado trouxe uma vassoura e varreu os fragmentos do escriba. Enquanto isso Mister Slang dizia:

– Tenho minhas opiniões sobre o Egito. Parece-me uma civilização que morreu por excesso de escribas...

– Pobres escribas! Como poderiam esses humildes parasitas dar cabo de uma civilização?

– Por escriba entendo o burocrata, a gente que passa a vida a encher de letras o papel branco. Eles vão sufocando o país e matando a vida, porque substituem movimento por gatafunhos. Tenho a impressão de que os escribas é que sufocaram o Egito, tornando-o inerme ante as invasões.

Mister Slang ficou de olhar absorto, como quem está a ver para dentro ou muito longe. Tirei-o daquele estado com uma pergunta que de longo tempo trazia engatilhada.

– E aqui, Mister Slang? Que acha da nossa burocracia? Terão forças os nossos escribas para também asfixiar a vida do Brasil?

Mister Slang não respondeu de pronto. Continuou ainda por uns instantes absorto. Depois acordou e, como que estremunhado, disse:

– Aqui? Sim, aqui... Aqui a burocracia já devorou todo o Norte, está paralisando esta cidade do Rio e tende a descer para o Sul. E assume aspectos inéditos no mundo. Mas depois veremos isso. O xadrez está arrumado e é impolido de nossa parte fazer que duas nobres rainhas nos esperem...

Arrumamos as pedras e Mister Slang fez o gambito da dama.

CAPÍTULO XI

Da "Estrada alegre"

As saídas de gambito sempre me atrapalharam, de modo que no quarto lance já Mister Slang tinha de lucro um peão. O meio de equilibrar o jogo era fazê-lo falar, e assim distrair-se. Traição? Que importa! Era Mister Slang um filho da pérfida Albion e, pois, eu vingaria uma parte infinitesimal das perfídias feitas ao mundo pelo molosso britânico.

– Acha então – disse-lhe eu – que a nossa burocracia já paralisou metade do país?

O meu inglês largou do peão que tinha comido e acendeu o cachimbo:

– Sim – afirmou. – Está já roendo o osso. Há tempos fiz um passeio a Minas e vi lá, numa velha fazenda, um quadro contristador. Era um cavalo aposentado do serviço e solto no campo para que morresse em paz. Sua magreza era tamanha que me despertou a curiosidade. Aproximei-me... Não era mais um cavalo. Era uma piolheira sobre quatro patas. Não teria talvez um milímetro de pele livre de parasitas – e parasitas bem magros, porque o sangue já se fazia pouco para tantos. Pus-me a refletir sobre a estupidez do dono do cavalo e sobre a estupidez ainda maior dos parasitas. Aquele multiplicar-se excessivo iria matar o cavalo, e com ele a piolheira. O Brasil é isso, meu caro, pelo menos no Norte...

Horrorizei-me com a imagem de Mister Slang e protestei:

– Mister Slang exagera evidentemente. O Brasil não está assim tão parasitado...

– Queria mais? Não há serviço público que não empregue cinco homens, pessimamente pagos, para fazer, malfeitissimamente, a tarefa que um só, bem pago, faria a contento. Essa é a fórmula da burocracia brasileira, da qual decorrem três males: prejuízo do serviço público, miséria do funcionalismo e roubo de atividade à produção privada.

– Há um quarto mal – adverti. – A corrupção...

– Simples capítulo da miséria. Quem ganha o insuficiente para viver não pode resistir a tentações. Note que eu não faço ao caráter brasileiro o mau juízo comum. Acho-o até de um fundo mais honesto que o de muitos outros povos. As circunstâncias, porém, impelem o brasileiro à desonestidade.

– A miséria é má conselheira...

– Má e engenhosa. Os artifícios que aqui vejo empregados pela burocracia para aumentar seus rendimentos são habilíssimos. Calculo que em cada orçamento da República 200 mil contos se vão em comissões. O governo paga em tudo quanto compra 20% a mais sem que o perceba – e a coisa é feita de modo tão hábil que governo nenhum tem meios de impedir o latrocínio.

– E se fosse só isso! – exclamei pensando nas gorjetas chamadas de "lubrificação". Nada corre sem propinas, Mister Slang!...

– É verdade. O público paga duas vezes. Já tive negócios em vários Ministérios e sei que sem azeitar as rodas a máquina não gira. Há nisso dois males: a demora inevitável no andamento dos negócios do Estado e o encarecimento dos serviços. Tudo porque a miséria da burocracia força-a a transformar-se em camorra para viver.

Enquanto Mister Slang dissertava, eu estudava a situação do jogo, o que me permitiu um lance feliz. Mister Slang esqueceu a burocracia e remergulhou no xadrez. Minutos depois me vi na necessidade de distraí-lo de novo.

– E a Central, Mister Slang? – interpelei-o de surpresa.

Mister Slang sempre achou uma graça infinita na nossa via férrea. Chegou até a escrever para a *Scribner's Magazine* algo humorístico cujo tema era a Central.

Sua pachorra o levava a fazer viagens nessa estrada apenas pela viagem, achando-as mais divertidas do que qualquer outro espetáculo humano. Sempre que nas nossas partidas de xadrez fiz vir à tona a Central, vi Mister Slang sacrificar o seu jogo – e por isso tenho cá no coração uma grata simpatia pela nossa pitoresca via férrea. Fez-me ganhar, no mínimo, umas dez partidas malparadas...

– A Central!... – exclamou ele. – Da última vez que viajei nela, quando o comboio parou em Belém, desci para alertar os músculos. E estava nisso quando cruzou por mim um preto de boné, que vinha dando pancadas de martelo no eixo dos carros. Essa operação fazem-na eles, religiosamente, sempre que um comboio para nas estações. Perguntei-lhe:

– Amigo, por que é que você espanca assim os eixos?

Com a testa a borbulhar de suor, olhou-me o preto com esse ar hostil que tem o nacional da plebe para com o estrangeiro bem-posto e disse, de mau modo:

– Sei lá! Há dezesseis anos que estou neste emprego e ninguém nunca me fez semelhante pergunta. Bato porque meu serviço é bater, homessa!...

E Mister Slang riu-se gostosamente.

– Esse funcionário – continuou – dá-me a mais perfeita ideia da burocracia brasileira. Ela faz uma série infinita de coisas sem a menor ideia do "para quê". O "sei lá" do negro do martelo é a resposta que todos terão para perguntas idênticas relativas ao serviço de cada um.

Não há finalidade nos nossos serviços públicos, a não ser dar emprego ao maior número possível de parasitas. Bem público, utilidade – nada disso tem que ver com a burocracia.

– E que acha deva o governo fazer, Mister Slang? Qual o meio de corrigir-se isso?

Mister Slang estava nesse dia de muito bom humor. Assim foi que me respondeu de um modo desnorteante:

– Corrigir para quê? – disse ele. – Se é um elemento do pitoresco local, por que destruí-lo? Todos os povos possuem os seus característicos.

Na Alemanha podemos observar a organização levada a extremos inconcebíveis. Nos Estados Unidos vemos a eficiência como a mira de tudo. Modos de ser de cada povo. Se o Brasil prefere o pitoresco, respeitemos-lhe a preferência...

– Esse ponto de vista – exclamei abespinhado – será o de um estrangeiro que não se liga de amor a este país. Um nacional nunca poderá encampá-lo.

– Tem razão o meu caro amigo. Confesso que moro no Brasil apenas levado pelo meu amor ao pitoresco. As coisas brasileiras divertem-me tanto... Não as quereria na Inglaterra, está claro. Mas aqui, onde funciono de espectador apenas, confesso não desejar mudanças. Gosto muito de Mark Twain e possuo toda a sua obra.

Pois creia que a Central, por exemplo, me diverte mais que *The stolen white elephant*, a obra-prima, para mim, do terrível humorista americano. Ora, o Brasil não é tão rico em coisas originais para que se dê ao luxo de destruir, reorganizando-a em moldes civilizados, a sua ultrapitoresca estrada de ferro...

– Mas o país paga muito caro esse pitoresco, Mister Slang!

– Não se gabam tanto vocês das imensas riquezas do Brasil? Que é pois que empreguem parte delas na manutenção de um pitoresco inédito no mundo?

– Que crueldade! As vidas que a má direção da via férrea custa ao país, os prejuízos à produção, nada disso conta para Mister Slang...

– Faz parte do preço do espetáculo. Mas o espetáculo vale! E o governo novo me terá contra si, caso mexa naquilo. Uma das últimas cenas do espetáculo da Central: a Crise do Carvão, que conheço por dentro minuciosamente, é tão curiosa, é tão engraçada, que, não resisti, mandei notas a respeito ao meu velho amigo Bernard Shaw, do qual justamente ontem recebi resposta.

Mister Slang tirou do bolso uma carta em inglês, assinada pelo mordaz petroleiro, hoje Prêmio Nobel. Dizia, entre outras coisas:

"Dá uma opereta maravilhosa! Já escrevi ao Franz Lehar propondo a musicagem do libreto que mentalmente compus com as notas enviadas. Se ele aceitar, teremos um 'número' de sensação."

– Que tristeza, Mister Slang! – exclamei sinceramente compungido no âmago do meu patriotismo.

– Tristeza? Vai ser de alegria pura essa opereta. Até no nome – "Estrada alegre"... – concluiu ele, cachimbando com satânico deleite.

Nesse dia vinguei-me do inglês da Tijuca dando-lhe um xeque-mate de surpresa, daqueles que desapontam até os indesapontáveis filhos da pérfida Albion.

CAPÍTULO XII

Dos direitos imorais

O meu xeque-mate era dos que irritam o comum dos jogadores. Mister Slang, porém, não se irritava nunca. O equilíbrio de seus nervos jamais se rompia, exceto para manifestações hilariantes quando o tema era a Central.

Começamos nova partida; antes de sair com o peão da dama, disse-lhe eu:

– É muito fácil criticar a nossa pobre Caveira de Burro. Mas ninguém aponta o meio prático de endireitá-la.

Mister Slang sorriu de novo. A ideia da Central fazia-lhe cócegas incoercíveis.

– Como não? – disse. – Deem-lhe um objetivo técnico, e ela se regenerará.

– O objetivo de todas as estradas sempre foi realizar transporte.

– Devia ser esse o objetivo de todas as estradas; no entanto o mundo está cheio de exceções. Umas têm por objeto dar ensejo a jogo de títulos na Bolsa. Outras visam apenas dar dividendos. Pouquíssimas têm o transporte rápido, barato e seguro como o fim supremo de sua existência. A nossa Central parece-me que traz como objetivo divertir-nos...

– Não é tanto assim, Mister Slang. A Central presta muitos serviços e, embora não seja um modelo, como a Paulista ou a São Paulo Railway, faz o que pode.

– É pouco fazer o que pode. A uma estrada como essa o que cumpre é fazer o que deve. Conhece a história da Detroit-Toledo & Ironton?

– Não.

– Pois vale por história muito ilustrativa. Foi uma espécie de "Central" dos Estados Unidos. Nunca deu lucro, arrecadava 100 e gastava 150, servindo pessimamente ao público. Quebrou diversas vezes, foi reorganizada outras tantas e por fim se tornou a armadilha financeira mais duvidosa da América. Chegou a cair em abandono. Estava nesse miserável estado quando Henry Ford a adquiriu.

Mister Slang interrompeu-se nesse ponto para responder com jogo idêntico à minha saída de peão da dama. Depois continuou:

– Comprou-a por 5 milhões de dólares e a primeira coisa que fez foi mandar varrê-la. Ford é um grande inimigo do lixo. Quando entra na posse de qualquer fábrica ou mina, primeiro a varre – para ver claro, diz ele, e ainda porque considera sujeira um luxo muito dispendioso.

Depois de varrida a estrada, elevou fortemente o salário dos homens. Em troca exigiu de cada um oito horas de trabalho.

– Essas oito horas já eles davam antes – observei.

– Engano. Oito horas de trabalho para Henry Ford não querem dizer oito horas de "ato de presença" no serviço. Querem dizer oito horas de trabalho real e contínuo.

– Isso me cheira a absurdo – disse eu. – O trabalho numa estrada é forçosamente subdividido. Um maquinista, por exemplo, que chega ao fim da sua viagem antes de completar as oito horas tem de vadiar as restantes, a não ser que ganhe por hora de trabalho real, o que tornará incerto o seu salário.

– Assim é de fato no mundo inteiro, menos na Ironton – replicou Mister

Slang. – E foi o abandono desse regime em vigor no mundo inteiro que transformou aquela "Central" na *mais rendosa e perfeita estrada de ferro americana.*

– Como?

– Chega o maquinista ao termo da viagem e não tem mais locomotiva a conduzir? Muito bem! Vai completar suas oito horas com o serviço que houver. Vai varrer a estação, vai capinar o leito da estrada, vai arrumar o lastro...

– Mas isso não é trabalho de maquinista! – exclamei.

– Eis o segredo de Henry Ford – explicou Mister Slang. – Não há categorias de trabalho nas suas indústrias. Não há trabalho mais nobre ou menos nobre. Há trabalho, apenas. Varrer ou desenhar plantas: tudo é trabalho. E como ele paga um salário magnífico em troca de oito horas de trabalho, seja este qual for, ninguém se recusa ou escapa de *dar realmente oito horas de esforço* – e não, como aqui, oito horas de "empaliação".

– De fato, se é assim...

– É assim, e nisto está o grande segredo desse genial reformador da indústria. Um agente de estação, por exemplo, quando não tem serviço de agente, vai varrer, vai trabalhar de pedreiro, de pintor ou de carapina, no reparo do prédio da sua estação.

Resultado: o trabalho na Ironton passou a render de tal modo que essa estrada pôde realizar todos os seus serviços de maneira perfeita e com o emprego de muito menos gente. Antes ocupava 2.700 homens para um tráfego de 5 milhões de toneladas; hoje emprega 2.300 para um tráfego de 10 milhões...

– E dá lucro?

– Deu de lucro o ano passado 2,5 milhões de dólares, isto é, metade do que custou... A relação entre a despesa e a receita passou de 150% a 60%.

– É maravilhoso!

– Mais maravilhoso ainda é o fato de ter-se tornado a Ironton um mimo de eficiência, asseio e ordem, trazendo satisfeitíssimos os que nela trabalham (pois são os ferroviários que mais ganham no mundo), o público, que jamais teve melhor transporte, e o dono, que aufere uma renda soberba. Antes da aplicação do método Ford, os empregados se queixavam, queixava-se o público e queixavam-se os acionistas.

– Realmente. O trabalho, só ele, resolve todos os problemas da vida!...

– O bom trabalho. O trabalho dirigido por um cérebro que sabe o que é a eficiência.

– E que é eficiência, Mister Slang? Abusa-se aqui dessa palavra, e eu confesso que não lhe apreendi integralmente o sentido. Mister Slang colocou um cavalo na terceira casa do rei. Em seguida respondeu:

– Eficiência é fazer ponta no lápis com o corte, em vez de com as costas do canivete; é ir de bonde para a cidade, em vez de ir a pé; ir de auto em vez de ir de bonde; ou ficar em casa, quando nada há que fazer na cidade. Diz Ford que eficiência é carregar um tronco de árvore numa carreta em vez de carregá-lo ao ombro. Eficiência, em suma, é fazer o contrário, exatamente o contrário, do que faz a nossa administração pública em todos os seus departamentos.

– Mister Slang acha então que se a Central...

– ... apontasse o lápis com o corte, em vez de o fazer com as costas do canivete, virava incontinenti uma Paulista, uma Ironton. Acho sim.

Saí também com o cavalo do rei, em jogo simétrico ao do meu parceiro. Em seguida adverti:

– Do que Mister Slang a de dizer concluo que com um pouco de boa vontade podemos endireitar a Central.

Mister Slang meneou a cabeça.

– Absurdo. Nunca o Brasil endireitará essa estrada. Não existe essa intenção em ninguém. Os políticos se beneficiam com o seu mau estado. Milhares de parasitas perderiam as tetas se ela entrasse nos gonzos. À regeneração da Central só aproveitaria ao público – única entidade sem a menor voz ativa em coisa nenhuma neste país.

– Mas o fato de a política e os parasitas se beneficiarem com o desmantelo da Central não provará que até no desmantelo há um lado benéfico?

– Para os bacilos que roem os pulmões de um doente, nada mais benéfico do que a debilidade geral do organismo desse doente. Sem ela não viveriam eles. Mas que acha o meu amigo de um médico que à cabeceira de um doente vacilasse na cura, em atenção aos bacilos que lhe devoram os pulmões?

– Um absurdo. Médico nenhum vacilaria entre a cura do doente, benéfica a este e a toda a comunidade, e a manutenção do estado de doença, só benéfica aos bacilos.

– Pois todos os nossos governos vacilam. Nenhum deles se anima a sanear a Central, em atenção aos bacilos que a vêm entisicando. Os parasitas gozam de "direitos adquiridos".

– Não pode haver aquisição de direitos imorais, nocivos à sociedade humana – adverti.

– No Brasil há. Boa parte do que aqui recebe o nome de direito adquirido é sinônimo de abuso, de lesão do direito natural que tem uma comunidade de se defender contra os parasitas sociais. Eis por que não creio no vosso país. É um país errado. Tem de desaparecer...

– Enquanto isso não acontece, vou "desaparecer" do jogo este seu cavalo, Mister Slang. Como-o com o meu bispo e com sua licença...

Disse e fiz. Comi-lhe o cavalicoque, com íntimo deleite de vingança. A pátria dentro de mim gozou-se da réplica infligida ao implacável dolicocéfalo ruivo.

CAPÍTULO XIII

Do parasitismo camuflado

No dia seguinte, quando penetrei na casa de Mister Slang, estava o meu homem a fazer recortes de jornais.

– Não sabia que era colecionador, Mister Slang, disse-lhe à guisa de saudação.

O inglês respondeu-me apontando para vários *scrap-books*, gordos de tantos recortes grudados.

– Já formei sete volumes de quinhentas páginas cada um e estou no fim do oitavo. Duvido que haja um brasileiro possuidor de tantas notas sobre a vida do Brasil. Há 40 anos que faço isso e não dou a minha coleção por dinheiro nenhum.

Dali a falar de jornais foi um passo.

– Os jornais brasileiros são muito curiosos – disse Mister Slang. – Nunca sabem o que dizem, mas refletem como espelho a vida desta terra – para quem sabe lê-los. O meu sistema não é colecionar artigos. Recorto dos artigos o que me interessa: quatro, dez, vinte linhas. Um artigo não passa de enchimento ou farofa para pôr em relevo uma ideia ou fato. Deito fora o farelo e guardo o fato ou a ideia. Hoje, por exemplo, estou a colar um fato bastante significativo, embora bem comum por aqui. Encontrei-o no relatório do meu amigo Renato Jardim, o novo diretor da instrução municipal: uma escola que existe e não existe.

Abri a boca.

– Como pode existir o que não existe, Mister Slang? Parece-me um contrassenso.

– Uma *cosa brasileña* apenas – explicou ele –, como há *cosas de España*...

– Trata-se de...

– De uma escola profissional, e de nome pomposo – "Escola de Aperfeiçoamento", que custa ao Tesouro 140 contos anuais, que tem diretor, professores, empregados etc., mas não tem casa, nem alunos.

– Como? É um absurdo!

– Existe só no orçamento, eis aí.

– Assombroso!...

– O assombroso é que há inúmeros serviços assim, com existência só no orçamento. O fato de não existir a escola acentua apenas a desonestidade; mas se ela existisse e não prestasse nenhum serviço, estaria aparentemente justificada, embora desse na mesma. Há numerosos serviços públicos desta ordem, caríssimos, e da mais absoluta inocuidade. Existem apenas como ninho de parasitas.

Calei-me, refletindo na verdade daquilo. Quantas repartições não conhecia eu, meros ninhos de parasitas!

– Olhe – disse Mister Slang abrindo o livro de *Cosas brasileñas* –, aqui está outra curiosidade. Uma vila baiana cuja arrecadação municipal é de 8 contos. Veja como se distribui a despesa.

Lancei os olhos para o recorte e assombrei-me. Os 8 contos eram totalmente empregados na paga dos vencimentos do prefeito, dos fiscais e agentes arrecadadores.

– Curioso, não? – disse Mister Slang a sorrir, no enlevo d'alma do colecionador que exibe um achado raro. – Pois o municipalismo no Brasil, segundo as notas que tenho neste livro, quase que se resume nisso. Em 90 por cento das Câmaras a receita só dá para o pagamento do pessoal arrecadador. É um dos mais belos casos de parasitismo que possuo em minha coleção.

Mais tarde vim a saber que Mister Slang se dedicava ao estudo do parasitismo humano e tinha planos de publicar na Inglaterra um tratado a respeito. A razão da sua residência no Brasil prendia-se a tais estudos.

– O campo cá é maravilhoso – disse-me certa vez. – Em parte, nenhuma do planeta o parasitismo se aperfeiçoou tanto, nem assumiu tão engenhosas formas. O Brasil pode gabar-se de um recorde...

Entristeci-me com o caso da escola. Por mais que procure desinteressar-me das nossas coisas, não o consigo, e isso me faz infeliz.

– Diga-me, Mister Slang, que remédio a sua experiência aconselha para esse mal?

Mister Slang sorriu com malícia.

– Por que mal? Acho até um bem. Na minha idade o homem se torna cético e passa a ver as coisas através de um prisma muito diverso do da mocidade. Eu hoje só quero o pitoresco. Olho tudo pelo prisma estético. Vejo paisagens humanas, nas quais o parasitismo figura como um elemento estético de muito valor. Se dependesse de mim, confesso que estimularia ainda mais o parasitismo brasileiro, para ver até que ponto podem os agrupamentos humanos comportá-lo. O parasitismo é a lei da humanidade. Uma criatura parasita outra...

O cinismo de Mister Slang horrorizou-me. O Brasil para aquele homem não passava de uma cobaia imensa...

– Mas se fosse na sua Inglaterra, que faria? – interpelei-o.

– 'Bom, o caso aí mudava. A Inglaterra é a Inglaterra e até dos ingleses céticos merece o sacrifício dum ponto de vista puramente de arte. Se fosse o caso na Inglaterra, e a mim incumbisse destruir o parasitismo, a primeira coisa que eu, como governo, faria era *constatar a existência dele.*

Isso não é resposta, Mister Slang. Se o parasitismo existisse, *ipso facto* teria a existência constatada, com perdão do galicismo.

– Engano. O parasitismo é maquiavélico e vence como o camaleão, à custa de disfarçar-se e justificar-se como sendo coisa útil. Temos, pois, antes de mais nada, de desmascará-lo, de pô-lo a nu, de provar que não passa de camuflagem da utilidade Exemplo. Há aqui uma Biblioteca Naval. Fui outro dia lá pela primeira vez, em consulta a um alfarrábio, Casarão enorme e vazio.

Em vez de consulentes, empregados bocejantes que matam o tempo a ouvirem o caruncho roer a livralhada. Pedi o livro, e enquanto esperava pus-me a observar aquele curioso caso de parasitismo e a calcular o quanto já teria custado à nação.

– Mas a Marinha precisa de uma biblioteca – exclamei.

– Precisará apenas de livros e poderia tê-los, na Biblioteca Nacional, com enorme economia pública, não acha?

– Realmente...

– E agora pergunto eu – continuou Mister Slang –: precisará o Brasil de Marinha?

Arregalei os olhos.

– Homessa! Onde já se viu país sem Marinha?

Mister Slang ia muito longe em sua lógica inglesa.

– Marinha é coisa que a Inglaterra criou por necessidade, e como veio por obra da necessidade, possui-a eficientíssima, desempenhando uma missão defensiva real. Os outros países europeus imitaram-na, uns por puro espírito de imitação, outros para equilíbrio de forças com vizinhos hostis. Isso lá. Mas aqui? Que é que significa a vossa Marinha?

– Defesa das costas... – sugeri.

– Mas será com meia dúzia de calhambeques antiquados que se defendem umas costas tão largas como as do Brasil? Haverá algum almirante, ou grumete, que acredite na eficiência defensiva da vossa Marinha? Algum país do mundo por acaso a teme?

– Realmente; de um ponto de vista elevado, assim é.

– Imagine agora todo esse dinheiro, os milhões de contos que o Brasil despendeu até hoje na manutenção desse *bric-à-brac* de ferro, puro mostruário retrospectivo do navalismo dos últimos decênios, imagine todo esse dinheiro empregado em obras úteis!

– E se se visse atacado por mar esse Brasil sem Marinha, mas cheio de obras úteis?

– Sucederia o mesmo e se fosse atacado tendo isso que lhe custou milhões e que ingenuamente considera Marinha. Marinha é arma, e arma ou é eficiente ou não é coisa nenhuma. E o mesmo direi do Exército.

– Quê? Até o Exército, Mister Slang?

– Exército ou é ou não é. Eficiente, é. Ineficiente, não é. Pergunto: é o vosso Exército eficiente?

Fiquei embasbacado. Mister Slang estava positivamente delirando.

– O dever de um país consiste, primeiro, em criar riquezas, desenvolver-se. Depois, cuidar da defesa de sua riqueza, mas a sério. Ter aparelhos de defesa "para inglês ver" é camuflagem de parasitismo das mais onerosas. Se não tem estradas, se não tem instrução, se não tem riquezas, como esmagar-se de dívidas para fingir que tem dentes?

– Fingir, Mister Slang?

– Ponha a mão na consciência, meu amigo, e responda-me se é assim ou não. Calei-me.

CAPÍTULO XIV

Da cabeça e da mão

Aquelas ideias de Mister Slang sobre o parasitismo camuflado impressionaram-me profundamente. Cheguei a convencer-me de que o Brasil era a fragílima nação que é porque finge ser o país que não é.

– Mas acha, Mister Slang, que a nossa Marinha constitui um mero pretexto para gastar dinheiro?

– Que dúvida! Se não tem eficiência, de modo nenhum se justifica. E a sua inutilidade agravou-se depois do aparecimento do avião. Correspondem hoje, os caríssimos couraçados e cruzadores, às velhas armaduras de aço. Enquanto os combates eram a arma branca, desempenhavam com eficiência o seu papel, mas logo que sobreveio a invenção da pólvora, tornaram-se inúteis. Que diz o meu amigo de um Exército que hoje aparecesse em campo raso com os seus homens revestidos de pesadas armaduras medievais?

– Que era um exército de bobagem.

– E que diz da nação que gasta milhares de contos por ano para a conservação de umas armaduras marinhas que já tiveram o seu tempo, mas de que se riem hoje os aviões? Que vale um *dreadnought?* Para que conservar, à custa dos olhos da cara, custosíssimos mostrengos que um pequeno avião manda ao fundo com a maior facilidade? Parasitismo, meu caro. O Estado é uma sociedade anônima que explora o imposto e impõe-se aos povos à força de dar-se como necessário. Exército, Marinha e todas as mais criações do Estado só existem para justificar a extorsão de impostos e a manutenção de um bando imenso de parasitas, aqui e em quase toda parte.

– Que absurdo, Mister Slang! – exclamei horrorizado com o anarquismo daquelas ideias, admissível num russo, mas inconcebível num britânico.

Ele, porém, explicou-as de um modo muito claro.

– Se nenhum povo possuísse Exército e Marinha, que sucederia?

– Ficavam indefesos...

– ... e simultaneamente inofensivos, Consequência lógica: desaparecimento da guerra no mundo. Um bem, pois. E se constituiria um bem a extinção dos Exércitos e das Marinhas, quer isso dizer que a existência deles é um mal.

– Teoricamente está certo, Mister Slang. Mas seria necessário que todos os povos os suprimissem, o que não se dá. E se existem povos carniceiros como os leões, que se armam até os dentes, os outros se veem forçados a fazer o mesmo.

– Sim, a armarem-se. Mas acha que é armar-se possuir caríssimos aparelhos de defesa que não funcionam por antiquados ou ineptos?

– Sua lógica é terrível, Mister Slang, mas no caso brasileiro de nada vale. É impossível extinguir aqui os aparelhos de defesa inúteis e que muitas vezes se voltam contra o país. O povo brasileiro não o consentiria.

– Diga que o parasitismo camuflado não o consentiria. O pobre povo moureja na labuta pelo pão e só quer sossego – sossego que os aparelhos de defesa deste país, parece-me, não lhe permitiram ainda...

Ri-me das extravagâncias de Mister Slang. Os ingleses têm cada uma... Mas concordei que a lógica no Brasil não funciona e que o parasitismo camuflado defende-se.

– Defende-se tanto, meu caro amigo – confirmou Mister Slang –, e aperfeiçoa-se tanto, que um dia os povos perdem a paciência e espojam-se nas revoluções. É o meio de que usam os cavalos para se libertarem dos parasitas.

– De que valem tais violências? Desaparece uma forma de parasitismo e surge outra. O parasitismo é irredutível...

– De fato, assim tem sido, mas há esperança de que um dia a humanidade possa ver-se livre dessa monstruosidade.

– Um dia!... – exclamei num muxoxo de incredulidade.

Mister Slang não se deu por vencido.

– Há 100 anos a escravidão parecia indestrutível. Hoje está quase totalmente extinta. Eu creio no progresso moral do homem.

– E crê também no governo novo? – perguntei, mudando subitamente de assunto.

– Não há governo novo – respondeu ele –; o governo é uma continuidade ininterrupta. Há homens novos à testa de uns tantos serviços que mudam de chefes de 4 em 4 anos.

– Mas crê nesses homens?

– Vejo em quase todos eles uma qualidade muito séria – honestidade, o que já é muito em vista dos últimos 4 anos de inversão moral que o país teve. Poderão limpar um bocado do sujíssimo aparelho do Estado e fazer as coisas dentro da lei. Só.

– E acha pouco?

– Acho. A rigorosa aplicação das leis brasileiras não trará nunca felicidade ao país. São leis-cipós, que enleiam os homens e lhes embaraçam os movimentos. Além disso, o regime no Brasil é o inominável disparate fisiológico do corpo com três cabeças autônomas – os três Poderes. A natureza não criou nada com três cabeças.

– As minhocas têm duas.

– Duas apenas, e por isso, envergonhadas, metem-se pela terra adentro. A tricefalia é pura monstruosidade anatômica.

– Mas na Inglaterra também é assim.

– Engano. Na Inglaterra a cabeça é uma só, o Parlamento. O Executivo é mão.

– E o Judiciário?

– Um mero ajustador. Não é Poder.

– Mas aqui, na realidade, a cabeça é o Executivo. Dá na mesma.

– Não sei – exclamou Mister Slang com certa bonomia – se dará na mesma atribuir ao que é mão funções de cérebro. À experiência do passado quatriênio parece-me decisiva. A mão executiva pensou e agiu como cinco dedos...

– Já com o governo novo não se dará isso. É mão limpa.

– Logo, o sistema brasileiro está errado – concluiu Mister Slang. – Equivale a um jogo. Fica de 4 em 4 anos na dependência da qualidade da mão que o empolga.

– De fato, assim é. Mas o Congresso, como o temos, não merece ser o detentor da hegemonia. Se a mão do Executivo não lhe puser freios não sabemos onde irá parar o país...

– Se o mandatário é incompetente, o povo que lhe casse o mandato e escolha outro à altura da missão.

– Mas o nosso povo é incapaz de escolher. Não tem a cultura, nem a educação moral necessária para escolher.

– Nesse caso, como vive o seu país sob forma de governo representativo? Não acha um monstruoso contrassenso?

Não tive por onde escapar. Mister Slang levava-me à parede.

– A democracia, Mister Slang! – exclamei, fazendo frase. – As conquistas democráticas, a integração republicana na América...

Mas o inglês viu que eu brincava e mudou de assunto.

– Já leu isto? – perguntou-me, tirando da estante um pequeno livro escolar.

Corri os olhos pelo título: *Little Arthur's History of England*, de Callcott.

– Neste livrinho – continuou ele – aprendi os rudimentos da formação do meu país. Aqui no capítulo VIII trata a autora: em linguagem ao alcance de qualquer menino, de como se formou o Parlamento inglês. Cada cidade enviava ao rei três ou quatro de seus homens mais hábeis, os quais se reuniam numa casa dita, em velho inglês, "Witenagemot", ou reunião de homens avisados. Reuniam-se e davam opinião sobre as leis que o rei queria fazer. E o povo só aceitava as leis dos reis quando esses seus homens as consentiam. Assim nasceu o Parlamento e com essa função se tem conservado até hoje. Cá no Brasil as coisas parecem-me diversas. Ser representante do povo constitui apenas uma profissão altamente remunerada.

– Quer dizer...

– ... que essa função, como tudo o mais, degenerou aqui em parasitismo.

– Pobre Brasil! – exclamei compungido. – Tudo nele degenera...

– Até o xadrez. Passa de arena de luta silenciosa a campo de debates – concluiu Mister Slang, quilotando filosoficamente o seu cachimbo com umas dedadas do louro Navy Cap.

CAPÍTULO XV

Da importação de cérebro

Estávamos na sala de jantar quando soou a campainha. A criada foi atender e logo voltou a dar conta do que era. Vinha sorridente, toda enlevada numa cesta de frutas artificiais que trazia na mão.

– Está aí um sujeito – disse ela a Mister Slang – que vem oferecer esta "beleza" de frutas – 10 mil-réis só...

Era evidente o interesse da criada em que o patrão adquirisse a "beleza".

– São comestíveis? – perguntou Mister Slang.

– São de cera – respondeu a criada.

– Pois nesse caso devolva-as ao homem. As frutas têm para nós uma função muito séria, minha filha: serem comidas. E estas você mesma declara que são de cera, substância que nem as abelhas, suas fabricantes, me consta que comam.

A criada olhou-o com assombro. Não podia admitir que um homem tão rico recusasse ter à mesa de jantar aquele primor de arte. Permaneceu irresoluta, como à espera de que Mister Slang voltasse atrás na sua decisão. Mas Mister Slang manteve-se firme.

– Leve-as ao homem – repetiu. – São frutas para inglês ver – e já as vi.

A criada foi-se e Mister Slang, voltando-se para mim, disse:

– Bem curiosa esta sua pátria, meu amigo. A terra dá tudo, já o disse, creio, o velho escriba Vaz de Caminha. No entanto, para que houvesse frutas nas mesas foi necessário que aparecessem por aqui uns eslavos emigrados, fabricantes de frutas... artificiais. Não há casa burguesa onde não figurem nos *étagères* as tais frutas de cera que tanto seduziram a minha boa Dolly.

– É que as casas burguesas não podem tê-las naturais. Nossas frutas são caras como as joias e os livros. Muita praga, Mister Slang. País quente...

Mister Slang sorriu e disse:

– Está aí um juízo dos que chamo apressados. A praga é universal, mas o homem aprende a livrar-se dela. Ainda há pouco li no *Geographic Magazine* um estudo sobre o combate a uma praga da cana no Havaí, ilha quente. A vitória foi completa. E não precisamos ir muito longe. Em São Paulo a campanha contra a praga do café vai surpreendendo pelos resultados. Não é a praga que nos encarece a fruta, meu amigo, e sim a falta de transporte. O Brasil está parado porque ainda não se convenceu de que é tão absurdo um país sem vias de transporte como um corpo sem artérias e veias por onde circule o sangue.

– Realmente! E tanto que mal sobrevém a arteriosclerose o organismo humano começa a decair...

– Exato. Esclerose quer dizer decadência das estradas de rodagem do sangue. Pois o Brasil tem o seu sistema de artérias e veias completamente esclerosado. Chamam estradas aqui a sendas de boi e burro por onde o transporte de uma tonelada de carga se faz pelo mesmo processo, com a mesma lentidão e preço de séculos atrás. Isso torna o lucro do produtor praticamente igual a zero e eleva o preço de venda dos produtos a níveis fantásticos.

– Mas o remédio, Mister Slang? – perguntei.

– Dificílimo. Remédio para tudo neste país só vejo os indiretos.

Admirei-me da resposta. O remédio contra a má estrada sempre me pareceu a boa estrada.

– Como, Mister Slang? O remédio contra a má estrada ou a ausência delas é diretíssimo, é estrada!...

– Parece... – respondeu o inglês. – Se assim fosse, o problema seria dos mais simples e já estaria resolvido. O remédio é, como eu disse, indireto. Para ter a rede de estradas que a sua economia

está pedindo, só possui o Brasil um meio: importar cérebro.

Decididamente Mister Slang extravagava.

– Importar cérebro?!... – repeti, franzindo a testa. – Não entendo...

– Sim. As nossas más estradas decorrem do mau cérebro que há por aqui. Para tê-las boas está claro que antes de mais nada havemos de importar bom cérebro. Que cérebro temos aqui? O luso, o áfrico, o ameríndio, são os brasileiros uma fusão de três cérebros antiestradeiros. As estradas de Portugal e suas colônias são deficientes ou más; as da África são trilhas e as do ameríndio eram picadas pelo seio das florestas. O brasileiro não possui, pois, a mentalidade estradeira, isto é, não reconhece, não admite, não concebe, que a *estrada é tudo num país*, mas absolutamente tudo! É a instrução, a riqueza, a defesa, a ordem, a lei, a polícia, o progresso, a felicidade...– A fruta barata...

– A fruta barata, e baratos também a carne, os cereais, a roupa e a casa. Há dias li no *Today and tomorrow*, do grande Henry Ford, um livro que está fazendo furor no mundo mas que vocês inocentemente ignoram, uma opinião sobre o Brasil. Diz ele: *"For while Brazil takes up one fifteenth of earth's surface and has extraordinarily rich natural resources, it has not had transport facilities for development.* A country develops only according to the ease of transport, *and most of Brazil has only six months of transport by motor because, during the other six months, the roads are too heavy for any car to force through"*. Vê? Ford tem a mentalidade dos povos estradeiros e, sem nunca ter estado aqui, compreendeu o que pouquíssimos brasileiros compreendem.

– Não há dúvida. As afirmações de Henry Ford são categóricas. *"Um país só se desenvolve por meio da facilitação do transporte."* É isso mesmo. Mas o assombroso fenômeno norte-americano explicar-se-á apenas pelo transporte?

– Passei o mês de outubro na América do Norte – respondeu Mister

Slang – e posso dizer que não saí do meu automóvel. Em quatro semanas percorri 24 mil quilômetros, ou seja, uma média de 800 por dia... Para percorrer essa mesma distância no Brasil, São Paulo fora, o brasileiro vê-se forçado ao dispêndio de 666 dias!

– Que cálculo extravagante é esse, Mister Slang? Não estou entendendo.

– Muito simples. Quantos quilômetros pode um homem viajar no Brasil, a cavalo, que é o meio de condução possível nesta terra?

– Seis léguas, sendo homem resistente. Seis léguas por dia, durante 30 dias, valem por uma África.

– Pois está aí o meu cálculo. O herói que nesse andar quisesse percorrer cá os 24 mil quilômetros que eu, comodamente e sem o menor cansaço, fiz em outubro nos Estados Unidos teria de gramar 666 dias em lombo de matungo. Duvido que tal herói suportasse a tortura...

Fiquei a refletir nas carradas de razão que tinha o meu inglês. Mas a história da importação de cérebro ainda me importunava os miolos.

– Está bem. Seu cálculo está certo, Mister Slang. Só não compreendo o remédio: importação de cérebro como meio de ter estradas.

– Explico-me – respondeu ele. – Por importação de cérebro entendo imigração, entrada de europeus. Noto que no Brasil só há estradas em São Paulo, Santa Catarina e num ou outro trecho onde penetrou cérebro europeu. E concluo daí que, praticamente, o problema só se resolverá por essa forma indireta.

– Mas São Paulo cuida cada vez mais de estradas e não podemos atribuí-las ao europeu. Os autores desse movimento foram os paulistas.

– De fato, vejo os paulistas no leme da administração. Mas não contassem eles com a força propulsiva da população rural já muito infiltrada de cérebro europeu, e estariam, como os mineiros, no carro de boi ainda.

– Minas também já começa a pensar em estradas.

– Começa... Levará um século começando. Sem importação de cérebro Minas não se porá em movimento.

– Acho que Mister Slang tem razão – exclamei, ao recordar-me da campanha feita em São Paulo contra as estradas de rodagem. Insultavam de "estradeiro" ao presidente que iniciou o movimento...

– Cérebro, meu caro. O Brasil tem de importar cérebro. Com este cérebro velho, cheio de teias de aranha e bolor, nada vai. No governo vejo um moço que me parece significar cérebro revitalizado, desse que o Brasil precisa.

– Victor Konder?

– Sim. O pouco de cérebro que entrou no seu estado natal, Santa Catarina, já criou lá o sistema de artérias e veias que as condições requeriam. O problema brasileiro se resume em eliminar da raça que povoa este território o peso retrógrado de certos elementos que a compõem.

– Enxertia...

– Sim. Enxertar cérebro novo no cérebro velho.

Nisto a criada entrou, ainda com as frutas artificiais na mão. Vinha insistir com Mister Slang para que adquirisse a obra-prima.

Mister Slang riu-se e murmurou para mim:

– Vê? A minha Dolly é como o Brasil. Também gosta de ilusões. Vou ver se descubro algum cirurgião que lhe abra o crânio e meta dentro um pouco de cérebro novo.

CAPÍTULO XVI

De frutas e livros

No outro dia Mister Slang contou-me que a Dolly tinha comprado a cesta de frutas de cera para enfeite do seu quartinho:

– Quando a mentalidade é viciada – disse ele –, há uma resistência passiva às tais verdades que entram pelos olhos. A boa Dolly só aparentemente cedeu às minhas razões. No fundo está convencida de que a função das frutas não é só para a alimentação. Equipara-as às flores e as quer como enfeite. Tal qual o Brasil com a sua Marinha e as mil outras frutas artificiais que lhe dessangram o orçamento.

Não concordei com a inclusão da Marinha entre os nossos arrebiques.

– Perdão, Mister Slang. Um espírito justo como o seu não deve insistir em fazer mau juízo da nossa Marinha – disse-lhe com patriótica severidade.

– Não faço mau juízo, meu caro. Considero-a apenas um luxo em excesso, caro para um país que vive à custa alheia.

A ofensa fez-me vir o sangue às faces.

– Mister Slang!... – exclamei em tom de censura.

– Sim! – retrucou ele, irritado. – O Brasil vive de empréstimos cujos juros não paga. Sou um dos seus credores. Tenho títulos dos quais não recebo juros. Posso falar. Vive de empréstimos, a hipotecar tudo quanto possui e não me parece honesto que gaste um dinheiro que não é seu em exibições de povo rico.

Mister Slang estava inteiramente fora da sua calma habitual. Que sensível é o bolso dos homens!...

– Perdão, Mister Slang! Somos um povo soberano...

– Cada vez menos.

– Como? – exclamei, a sofrear a minha indignação. – Mister Slang insulta-nos!...

– Cada vez menos, repito. Quanto mais um devedor se enterra em dívidas, menos soberano se torna. Há anos que não recebo os juros do dinheiro que de boa-fé emprestei ao seu governo. Fui enganado, e a soberania do seu país já não impede que eu lhe atire isso em rosto.

– Perdão! O *funding* foi um acordo entre duas partes.

– Acordo imposto pelo devedor relapso – gritou Mister Slang.

Tive ímpetos de estrangular o meu inglês, mas contive-me. Estrangulá-lo com argumentos, já se vê, pois éramos dois homens civilizados, libérrimos em nossas ideias e, portanto, incapazes de uma cena indecorosa. Faltou-me o argumento estrangulador e silenciei. Arrefecido o assomo do credor lesado, Mister Slang, com toda a calma, disse:

– A Marinha brasileira faz a função das frutas de cera da Dolly. Enfeita o país. Em caso de guerra para o Brasil ou de fome para a Dolly, ambos compreenderão a inutilidade e o erro do enfeite que finge coisa útil.

– Mas não convém remodelar a Marinha num momento em que a aviação parece que a vai substituir. Somos prudentes. Estamos a ver onde param as modas.

Mister Slang achou uma certa graça no meu adjetivo "prudentes".

– Noto – disse ele – que floresce nestas plagas uma lógica especial.

Chamam vocês prudência não fazer uma coisa antes que essa coisa seja feita por todos os outros povos. Na Inglaterra chamamos a isso imprudência... No dia em que Blériot transpôs de aeroplano o canal da Mancha, a comoção da Inglaterra foi tremenda. Era o primeiro homem que penetrava em nosso território sem nos pedir autorização. E como onde entra um podem entrar milhões, a Inglaterra cuidou imediatamente de criar unia frota aérea que fosse a mais poderosa do mundo. A isto, sim, chamamos prudência.

– Mas a Inglaterra conserva a sua esquadra.

– Conservá-la-á enquanto durar o período de transição. Mas conserva-a em perfeito estado de eficiência, o que não se dá aqui. Lá será a Marinha, ainda por muitos anos, uma arma de uso real, bem conservada e pronta para agir, mas desde já em segundo plano. Todos os cuidados hoje são para com a frota aérea – que nenhum povo possui melhor que nós. Mas aqui? Nada aéreo ainda – e no mar as frutas de cera da Dolly.

Aquele assunto me era doloroso; mudei de rumo.

– Basta, Mister Slang. Quero agora que me diga por que razão incluiu ontem o livro entre as frutas e as joias.

– Não fui eu quem fez essa inclusão, foi o governo.

– Como?

– Não acompanhou o debate do caso pelos jornais? Pois o governo mantém o papel para livros taxado com imposto equivalente a 170 por cento sobre o custo.

– Que horror, meu Deus!

– Mais que a seda. A seda paga de 80 a 100 por cento.

– É impossível! – exclamei atônito. – É um crime, isso!

– E fez mais, meu caro. Deu entrada franca de direitos aos livros impressos em Portugal. Quer dizer: criou um protecionismo às avessas – favores à indústria de lá contra a similar de cá.

– Impossível!...

– Essa taxa tornou o livro tão caro como a fruta, e hoje só os ricos podem ler.

– Mas como explica o fato, Mister Slang? Quem teria interesse nessa perseguição ao livro?

Mister Slang sorriu com maliciosa displicência.

– Que ingênuo é você, meu amigo! Todo mundo sabe a história da taxa sobre o papel, que surgiu em 1918. Um passe do Congresso. Dizem que houve um honrado senador que não resistiu à injunção de duas centenas de contos... e fez elevar a taxa do papel, bruscamente, de 10 para 300 réis.

– Que miséria, meu Deus! Esse homem merecia ser inimigo do doutor Berrardes e passar uns anos de vilegiatura na Clevelândia. Esfaquear a cultura de sua pátria pelas costas, em troca de trinta dinheiros...

— Duzentos, aliás... E a coisa vai ficando. A cultura não consegue derrubar essa taxa. Editores ingênuos dirigem-se ao Congresso com lamúrias. O meio positivamente não é esse...

Pus a mão na boca de Mister Slang. Meu pudor de brasileiro não podia admitir que saísse de seus lábios a solução certa. Infelizmente a solução que ele ia apontar era a única certa...

– Mudemos de assunto, Mister Slang. Esse caso é tão triste que me dá vontade de chorar. Vamos ao nosso xadrez.

Mister Slang concordou e passamo-nos para a varanda.

Enquanto arrumávamos as pedras, contou-me ele de uma conversa que dias antes tivera com um editor. Homem positivo e sem teias de aranha no cérebro, para o qual a ciência da vida se resume em dançar conforme tocam. "Quando veio a isenção para os livros impressos em Portugal", disse ele, "tratei logo de montar lá a oficina gráfica que pretendia montar aqui, e tenho ganho um bom dinheiro! Enquanto os meus colegas do Rio choram e lamuriam perante o Congresso, que é surdo quando não ganha para ouvir, vou enchendo os bolsos. Meu lucro é o imposto que os colegas de cá pagam. Tenho sobre eles uma vantagem de 1.300 réis em cada quilo de livro, vantagem automática, decorrente não do meu trabalho ou do aperfeiçoamento da minha produção, mas apenas de ter-me colocado no ponto estratégico. Pois se o governo protege a indústria impressora de lá contra a de cá, o inteligente é passarmo-nos para lá, não acha? Que façam os outros o mesmo, em vez de se arrepelarem e irem falindo um por um..."

Senti um aperto na alma diante daquelas revelações, mas fui arrumando as pedras e saí com o peão do rei. Mister Slang fez jogo idêntico e depois saiu com o cavalo. Eu estava com a ideia longe dali e em dado instante, involuntariamente, pensei em voz alta: "Que cavalos!...".

Mister Slang surpreendeu-se com a intempestiva exclamação e olhou-me a fito. Atrapalhei-me e, para remédio, disse:

– Sim, que cavalos... malfeitos, estes cavalinhos de xadrez, não acha?

Mas o raio do homem percebeu o que me ia pelo cérebro e retrucou de modo a me fazer admirar a sua penetração.

– Não há cavalidade nenhuma nessa desatenção aos reais interesses do país. Há má fé nuns poucos espertalhões e unia infinita incúria na massa dos congressistas. Já assisti a várias sessões da Câmara e assombrei-me do que nelas se chama votar. Também eu conhecia o Congresso e sabia muito bem o que ali se chama votar.

– E o remédio, Mister Slang? – perguntei ingenuamente.

– Não há remédio – respondeu ele sorrindo. – É a quarta vez hoje que você me pede remédio, como se minha função na vida fosse receitar para o Brasil.

Calei-me e mergulhei-me no jogo. Mas antes disso ainda houve tempo de passar pelo meu cérebro a lembrança de dois remédios. Um, o de Capistrano de Abreu: vergonha. Outro, o de um amigo de São Paulo, Maneco Lopes: pau. Mister Slang pela segunda vez me leu o pensamento e murmurou entre dentes.

– O remédio é um só, e sempre o mesmo: cérebro.

De fato. É o remédio para tudo. A surra que nesse dia levei no xadrez provou-me sem demora.

CAPÍTULO XVII

Dos "ladrões"

A varanda de Mister Slang dava para uma casa em abandono, em cujo quintal uma caixa-d'água nunca se enchia, apesar da torneira de alimentação conservar-se permanentemente aberta.

É que a caixa, roída pela ferrugem, vazava em numerosos pontos.

Como eu pusesse os olhos na caixa furada, Mister Slang disse:

– Há meses que está assim, desde que o último inquilino deixou essa casa. E sempre que a vejo tenho a sensação física dos orçamentos do Brasil.

Estranhei a comparação.

– Muito simples. O orçamento do Brasil compõe-se de unia torneira como aquela, a Receita, e de uma infinidade de "ladrões" por onde a água escapa. Sabe o que é "ladrão" em técnica hidráulica?

– Sei. Falso escapamento de água.

– Isso. Há "ladrões" em excesso na caixa-d'água do Tesouro deste país. O dinheiro se escoa em pura perda por milhares de canalículos insidiosos, com prejuízo da nação e das obras públicas.

Eu, se fosse governo, suprimia os impostos antieconômicos que estão empobrecendo o país, e para compensar o desfalque das rendas tapava os buracos.

– Suprimia os "ladrões"...

– Exatamente. Com a simples supressão dos "ladrões", os saldos avultariam. Calculo em 200 mil contos o dinheiro escoado por esses canalículos em cada ano fiscal.

– 200 mil, Mister Slang? Não está exagerando? – exclamei, incrédulo.

– Falo com base. Um dos últimos presidentes americanos, creio que Harding, fez isso na América do Norte.

Depois da guerra o orçamento americano também se encheu de "ladrões". O desperdício das rendas públicas tornou-se assustador e o presidente resolveu pôr-lhe o basta.

Para isso escolheu um grupo de auxiliares honestos e mandou-os inspecionar em segredos todos os serviços públicos e anotar tudo quanto representasse desperdício.

A máquina administrativa foi assim revisada d'alto a baixo, sem que o funcionalismo o percebesse.

De posse dos elementos necessários, o presidente operou os cortes e obturou os "ladrões". Sabe qual foi o resultado?

– Economias, está claro.

– Uma redução de 800 milhões de dólares nas despesas.

Levei tamanho susto que por um triz não caí de costas. 800 milhões de dólares eram assopro violento demais para a minha fraca mentalidade de mil-réis.

– 800 milhões? – urrei, com os olhos tão arregalados que, disfarçadamente, Mister Slang chegou a tirar o fone do gancho.

Recaí em mim e disse-lhe, envergonhado:

– Não chame a Assistência, por favor. Não é caso. Assustei-me, mas já passou. 800 milhões! É dinheiro...

– E esse corte se operou sem o menor prejuízo dos serviços públicos, ao contrário...

– Sem o menor prejuízo! – repeti arregalando de novo os olhos. – Quer isso dizer que...

– Que se nosso governo fizesse coisa parecida os resultados seriam idênticos. Só com a economia assim conquistada poderia o Brasil liquidar a sua dívida externa em breve número de anos.

Continuei de olhos arregalados, absorto, a pensar naquilo. Mas as objeções acudiram-me logo.

– Lá tudo é possível, Mister Slang. Que não fará um país que adotou a lei seca? Mas aqui? Um absurdo!

– Por quê?

– Há os direitos adquiridos.

– Já vimos o que isso vale e não consigo admitir que certas medidas de simples honestidade só possam ser aplicadas na América do Norte. Apesar de britânico, vejo o Brasil com melhores olhos do que a maioria dos brasileiros. Noto entre vocês uma descrença excessivamente generalizada.

– E temos razão para isso – gemi lembrando-me do quatriênio sinistro.

– Terão razões, mas não terão o direito de descrer do país. A boa vontade e o amor ao bem público operam prodígios.

– Sei disso. Mas a nossa mentalidade política se divorciou demais do bem público. Perdeu-o de vista. Só enxerga o bem pessoal.

– Não comparticipo dessa descrença, meu amigo. Basta que um homem no alto creia no bem público para que os maiores milagres se operem.

E isso é mais fácil no Brasil do que em qualquer outra parte, uma vez que a forma real de governo aqui é a de uma perfeita ditadura sob aparências constitucionais.

– Fácil dizer, Mister Slang. Os óbices são tremendos...

– Mas não insuperáveis. Não há óbices insuperáveis para a boa vontade. E eu já noto por cá um começo de reviravolta na mentalidade. Conhece o vendeiro ali da esquina?

– O Ferreira, sei...

– Pois converso com ele há anos e sempre o vi feroz contra os governos do Brasil, não admitindo hipótese de regeneração. Mas ontem estive lá e achei o meu homem mudado. Perdeu a carranca. Já sorri, coisa que passou os últimos 4 anos sem fazer.

– "Que é isso, senhor Ferreira? Todo risonho..." – disse-lhe eu.

O homem acabava de ler um jornal amarelo.

– "É que, ao que parece, as coisas estão com o seu jeitinho de mudar. Esses vetos parciais... Há de crer que me tenho regalado com eles? Se continuam..."

– É o que dizem todos – observei. – Há um se de expectativa geral. Tudo está em que continue, porque o povo anda cético a respeito de vassouras novas. Todas varrem bem no começo. Qual a sua opinião íntima, Mister Slang?

– Eu de mim estou que as vassouras de boa piaçaba varrem bem de começo ao fim. Em todo caso, espero. Tenho tido minhas desilusões. As mais das vezes a vassoura é boa, mas os amigos do lixo travam a mão do varredor.

– Continua o se, portanto... – murmurei desconsolado.

Neste momento entrou a Dolly com a cesta de compras ao braço. Deu-nos o *good evening* e passou.

– A Dolly, por exemplo – disse Mister Slang voltando ao começo da nossa conversa. – Dou-lhe para as despesas da casa metade do que dava à sua antecessora, e passo melhor. É uma Harding de saias, que suprimiu todos os "ladrões" deste meu lar de solteirão.

– Numa casa é fácil, mas num país... – adverti, cético.

– Se Harding fosse vivo discordaria da sua opinião, meu amigo. Ele foi a Dolly dos Estados Unidos e achou facílima a tarefa. São sempre fáceis as tarefas que recebem o apoio da opinião pública.

– Mas teremos nós opinião pública?

Mister Slang olhou-me surpreso.

– Boa pergunta! – disse. – Que somos nós dois aqui senão bocas da voz pública? E a esta hora pelo país inteiro milhões de bocas como as nossas estão a cochichar opinião.

– Cochichar, diz bem, Mister Slang. E por isso os governos não a ouvem. Fala a coitada tão baixinho...

– Já começa a falar pela boca das carabinas. Dar tiro não me parece cochichadela – concluiu Mister Slang.

Pus-me a arrumar as pedras no tabuleiro com um pouco mais de fé na nossa regeneração. O otimismo de Mister Slang erguera-me o ânimo.

Nisso chegaram as folhas da tarde. Abri *A Noite* e procurei ansioso novas políticas de Minas. Achei-as.

O homem que bombardeara São Paulo fora indicado para senador... Opinião! Opinião!...

CAPÍTULO XVIII

Do suplício da senatoria

Passei uma semana sem subir à Tijuca. O estado de sítio chegara ao fim e o meu tempo era pouco para a leitura das folhas. Com que gana elas se desforravam do longo período do arrolhamento, pondo de novo na rua os velhos adjetivos aferrolhados pela Censura!

Muita graça achei na volúpia com que a expressão "negro burro" passou a rebolar-se no papel impresso, expressão que meses antes, cochichada que fosse, conduzia incontinenti às geladeiras policiais.[1]

Subi, afinal. Encontrei Mister Slang "respigando pitoresco" nas folhas da manhã.

– Sua safra de recortes deve ter sido abundantíssima – disse-lhe eu. – Os jornais andam agora de encher o olho.

1. O chefe de polícia do governo Bernardes fora o Marechal Fontoura, que era mulato-escuro. Daí ser proibido o uso dessa expressão.

Mister Slang primeiro marcava a lápis azul os trechos a recortar. Depois metia a tesoura, quando não encarregava dessa tarefa a boa Dolly.

– Nem por isso – respondeu ele. – Tem vindo à tona muito menos do que eu esperava.

– Pelo amor de Deus, Mister Slang! Acha pouco?

– Não é que ache pouco. Um milésimo disto já punha abaixo uma situação na Inglaterra. Mas estou vendo que o grosso não transpirará.

– O grosso? – repeti admirado. – Haverá um grosso?

Mister Slang sorriu com evidente piedade da minha *sancta simplicitas*.

– Tenho um amigo no Banco do Brasil – disse ele – que conhece a conta corrente secreta desse estabelecimento com o governo. Mostrou-me apontamentos – e se não me assombrei é que tenho 40 anos de vida no Brasil.

– Mas não acha, Mister Slang, que devia o novo governo publicar isso?

– Não. O novo governo está empenhado em pôr fim à revolução e não é lançando lenha às fogueiras que se extinguem fogueiras.

– Não entendo...

– Se conhecesse a tal conta corrente entenderia. Não há homem de sangue vivo que ao conhecê-la não sinta ímpetos de ir incorporar-se aos revoltosos. Se o governo a publicasse, esse simples fato redundaria em tamanho aumento da Coluna Prestes, que, babau! Lá se ia a legalidade. O governo novo é prudente. Não procura apagar incêndios com jatos de gasolina.

– Mas os crimes não devem ficar impunes. Diz o brocardo: *fiat justitia pereat mundus*. Faça-se justiça ainda que pereça o mundo.

– Há uma ideia mais inteligente que a desse estúpido e cruel brocardo e nessa ideia se assenta o moderno conceito de justiça. É a substituição do *pereat* pelo *floreat*. Faça-se a justiça para que prospere o mundo. Se de um ato de justiça redundar mal maior, essa justiça é injusta.

– Quer dizer que Mister Slang defende a encampação pelo novo governo das desonestidades do velho...

– Nem defendo, nem vejo encampação. Acho apenas que é sábia a política do ponto final e consequente *vita nuova*. Havia aqui numa chácara vizinha um monturo. Veio um jardineiro inepto e o revolveu. A consequência foi adoecer esse homem e ficarmos, eu e a Dolly, com o ar empestado por dois dias. Um monturo, com ser revolvido, não deixa de ser monturo – e empesta. Além disso, dinheiro que voa não volta mais.

– Essa sua teoria é cômoda. Graças a ela desaparece do mundo a responsabilidade criminal.

– As minhas teorias decorrem das condições por assim dizer personalíssimas do ambiente brasileiro. Está claro que na Inglaterra eu não poderei pensar desse modo.

– Dois pesos e duas medidas...

– Certamente. Na Inglaterra há, perfeita em sua formação, uma coisa que mal se esboça aqui – consciência moral. Um crime lá é um crime.

– E aqui?

– Não há crime em terra de consciência moral em gérmen como aqui. O mesmo fato, tido como crime horrendo por uns, é louvado por outros. Não há crime no Brasil. Matar, desviar dinheiros públicos, bombardear cidades ou saquear são atos que ainda não constituem crime no Brasil. O crime brasileiro, por enquanto, é um só: dissentir do governo.

– Realmente! – exclamei. – É esse o crime imperdoável e o que recebe todos os castigos. Conheço um sujeito que roubou, matou um homem e violou três meninas. Nada lhe aconteceu. Mas votou no Nilo Peçanha e foi morrer de febres na Clevelândia...

– O seu exemplo justifica muito bem a minha tese. A consciência moral brasileira ainda está nos primórdios da formação. Estado caótico, período da pedra lascada, quando muito.

– Compreendo, compreendo... É por isso que em São Paulo a simples constituição do Partido Democrático é vista como um crime.

– Pois sem dúvida! E dos crimes imperdoáveis. O bug inda vos lateja sob o paletó-saco, meu amigo. Há a ficção republicana por cima, uma roupa feita. Por baixo estão Cunhambebe, Zumbi e Pina Manique.

– Vá que seja assim, Mister Slang, mas em todos os países observo malversão de dinheiros públicos e abusos do poder. Nem a sua Inglaterra escapa.

– O homem que Maquiavel e Hobbes definiram é o mesmo em toda parte, na Groenlândia ou em Paris. Mas nos povos de consciência já formada existe, para contrabater o crime, o castigo.

– Para os pequenos. Os grandes escapam sempre.

Warren Hastings era grande e não escapou. Conhece-o?

– Já li o ensaio de Macaulay a seu respeito.

– Macaulay julga-o com muita serenidade, Primeiro governador das Índias, Hastings portou-se como um herói na guerra contra os franceses. Subjugou os rajás e consolidou a dominação britânica, anexando territórios e criando os alicerces que até hoje nos asseguram a posse desse opulento pedaço da crosta terrestre. Um conquistador, em suma, e ao molde dos que se tornam ídolos nacionais, Mas Hastings abusou do poder. Supliciou indígenas, extorquiu dinheiro aos rajás, impôs tributos iníquos e com essas brutalidades ergueu contra si a consciência moral da Inglaterra. Macaulay descreve o terrível processo a que o submeteram e que durou quase um decênio, arruinando-o, Sheridan, Fox e Burke se celebrizaram pelas suas arengas no Parlamento contra o herói nacional. Foi absolvido, mas ficou à margem. Nenhum governo teve o topete de dar a mão ao condenado pela consciência pública. Embora reconhecido como um dos maiores homens que ainda produziu a Inglaterra, o obreiro máximo da sua grandeza colonial, era para a opinião um criminoso e jamais foi perdoado. Viveu o resto de sua vida no retiro de Doylesford, a expensas da Companhia das Índias, pela qual muito fizera. E isto em 1700 e tantos.

Quer dizer que nessa recuada época já estava cristalizada a consciência moral da Inglaterra.

– É, mas... e nos outros países? O que houve na França contra Dreyfus...

– Lembre-se que Dreyfus foi reabilitado.

– Na Itália...

– Não fale na Itália de hoje. Está revolta, com os dedos de uma possante manopla a lhe apertarem o gasnete. Mas na Itália constitucional existe o caso do ministro Nasi.

– O que subvencionava jornais...

– Sim. E que foi pilhado mandando pagar 30 mil liras a um. O escândalo explodiu, Nasi foi processado e condenado. Cumpriu pena e não mais se reabilitou na opinião pública.

– 30 mil liras! 10 contos de réis! Que ninharia... 10 contos aqui um ministro dá por uma ordem telefônica ao banco e não acontece coisa nenhuma. Diz bem, Mister Slang. No Brasil não há crime. Não há penas, não há punição. Um homem de Estado pode fazer tudo, porque coisa nenhuma lhe acontece...

– Acontece, sim – contraveio Mister Slang.

Olhei para ele de olhos arregalados. Estaria bobo o meu inglês?

– Os Warren Hastings daqui são castigados com um castigo inédito...

Percebi a ironia e antecipei-a:

– Com a senatoria, não é?[2]

Mister Slang fez um muxoxo muito divertido e concluiu:

– Cada povo possui os seus instrumentos nacionais de castigo. Havia ou há o *knut* na Rússia. Há o castelo de Monjuich na Espanha. Na Turquia houve o empalamento. Se são tão pessoais os povos no invento dos seus castigos, que muito é que o Brasil crie o seu?

Pus fim à conversa. Quando Mister Slang “bernardshawisava”, eu desconversava...

2. O ex-presidente Bernardes foi eleito senador.

CAPÍTULO XIX

Das elites

Na tarde seguinte, a esperar na Avenida o bonde que me levaria à Tijuca, avistei Mister Slang parado defronte a uma vitrina. Era a primeira vez que nos encontrávamos na cidade.

− Que novidade é essa? − exclamei conjuntamente aperto de mão.

− É que parto amanhã para Hong Kong e vim despedir-me da cidade − foi a sua resposta.

Assombrei-me. Aquele homem partia para a China como nós partíamos ali para a Vista Chinesa, sem aviso prévio, sem atroar os ouvidos do mundo com o brasileiríssimo grito de guerra: "Vou para a Europa, sabe?".

Viajar para Mister Slang era coisa tão comezinha como tomar um café expresso...

− E qual o motivo, Mister Slang, da sua fuga, se não é indiscrição?

– Cansaço do Brasil.

– Detesta assim o nosso país?

– Ao contrário, adoro-o, e para o meu estudo sobre o parasitismo não creio que haja no mundo campo melhor...

– Sempre a cobaia...

– Mas como tudo cansa, costumo periodicamente descansar do Brasil. O ano passado descansei do Brasil na Suécia e cansei-me logo da Suécia. A ordem que lá reina é excessiva, meu caro. Mata o pitoresco. Ao cabo de três semanas voltei, saudoso deste maravilhoso Éden dos imprevistos.

– E por que se retira, então?

– Está me parecendo que daqui por diante, com o governo vai o Brasil normalizar-se. Volta o império da lei, do bom e da justiça. Ora, isso destrói o pitoresco social que cá me trouxe.

Que alma satânica possuía aquele homem! As nossas desgraças é que o retinham por cá. Achava-as pitorescas...

– Ordem e justiça – continuou Mister Slang – só me interessam no Império Britânico. A América do Sul quero-a como sempre a tive: convulsa, facinorosa, isto é, pitoresca. E já que se pretende instalar aqui a ordem, mudo-me. Ordem por ordem, tenho a inglesa, que é de pedra e cal e não momentâneo acaso político.

– Mister Slang esqueceu-se de que a revolução ainda não acabou. Prestes continua a revolver os sertões.

– Só me seduz a desordem urbana, aqui no centro, bem visível e observável do meu Alto da Boa Vista.

– E não volta ao Brasil?

– Pode ser. Tenho muitas esperanças na reeleição, para o futuro quatriênio, do meu velho amigo Bernardes. Se tal se der, está claro que voltarei. Considero-o um dos mais interessantes casos biológicos da humanidade contemporânea e por forma nenhuma perderia um novo governo seu. Infelizmente vejo que contra ele se avoluma uma corrente de ódios, com força talvez de impedir-lhe o retorno ao poder. O Brasil não compreende ainda o singular valor dos homens "revolvedores".

– Está aí uma espécie que jamais vi classificada por nenhum Linneu da sociologia.

– Chamo assim aos homens que d'alto a baixo revolvem a sociedade. Pedro I foi um revolvedor – e note que lindo de pitoresco e imprevisto nos saiu o seu reinado! Já o filho, Pedro II, burocrata sábio e virtuoso, não revolveu coisa nenhuma. O Brasil lhe deve apenas meio século de sensaboria. Calígula foi um revolvedor. Napoleão outro.

– Que mistura, santo Cristo! Chego até a achar criminoso o seu ponto de vista puramente estético, Mister Slang.

Notei que Mister Slang não me ouvia. Estava enlevado num ônibus que passava a toda. Atrair-lhe-ia a atenção algum passageiro com a cabeça de fora?[1] Havia evidentemente um certo sadismo no ponto de vista estético de Mister Slang...

Pusemo-nos a andar e enquanto andávamos desabafei. Eu tinha muitas coisas a dizer àquele frio leitor de Bernard Shaw. Muito ofendera ele, em nossas conversas, a minha aguda suscetibilidade de brasileiro patriota. Não podia, pois, raspar-se para a China sem ouvir umas, e boas.

– Mister Slang – comecei –, a sua injustiça no julgar-nos deixou-me com um peso n'alma. Não somos o povo que o amigo pensa. Dentro de nós há uma alma que o estrangeiro jamais compreenderá, e em matéria de honestidade, juro-lhe, não ficamos a dever ao mais sardento britânico. Os nossos homens públicos são mais honestos do que os jornais dizem. O assalto ao Tesouro é menor do que parece. Como exageramos, como proclamamos e damos vulto a acusações levianas, julgam-nos mal os de fora, mas há nisso um evidente erro de perspectiva, como vou provar.

E fui provando até a primeira esquina, onde nos detivemos próximos de dois sujeitos que estavam por ali a conversar em voz baixa.

– "Fez muito bem" – dizia um. – "Se você não tirasse, outro tirava. Dinheiro de governo é como nota perdida na rua. Se quem passa primeiro não pega, outro pega..."

Mister Slang, que não havia respondido à minha tirada patriótica, limitou-se a um olhar de malícia. Corei até a raiz dos cabelos e arrastei-o para diante.

---

1. Dias antes um passageiro de ônibus pusera a cabeça de fora e a teve arrancada por outro vindo em sentido contrário.

Outra censura descabida que comumente nos lançam em rosto – prossegui – é a nossa falta de consciência moral. Temo-la, porém, e já em muito adiantada cristalização. Acatamos os direitos alheios, respeitamos a personalidade humana, talvez tanto como na Inglaterra. Há abusos, não nego, mas que acabam punidos.

Não nos devemos deixar arrastar pela grita dos órgãos amarelos. São jornais de oposição, sistemáticos no aleive e na calúnia. Mais de metade do que narram a respeito de violências das autoridades não passa de puro exagero... – e fui por aí além até a segunda esquina, onde paramos pela segunda vez.

O arteiro acaso quis que também ali estacionassem três investigadores policiais, tipo secretos, em regalada troca de impressões.

– "Ele protestou que era inocente" – dizia um – "e alegou que não tínhamos prova. O doutor delegado mandou passar-lhe a borracha e trancá-lo nu na geladeira. Um advogadinho aí qualquer requereu *habeas corpus* e o juiz pediu informação. O doutor delegado piscou o olho e oficiou que não sabia onde estava o réu. E eu ferrei-lhes duas dúzias de bolos, dos bem puxados..."

Segundo olhar malicioso de Mister Slang e segunda onda de sangue no meu rosto. Arrastei-o novamente para longe daqueles miseráveis, e pelo caminho lhe fui dizendo:

– A ralé inda não possui formação moral. Muito misturada e sem cultura. Mas num povo valem as elites, e quanto a estas não há negar que já as temos bem apuradas. Duvido que na orgulhosa Britânia haja uma nata mais bem formada que a nossa, mais ardente de patriotismo e rica de abnegação.

E fui por aí afora até a terceira esquina, onde pela terceira vez paramos. Mister Slang ouvia-me sem nada dizer. Percebi que desta vez o convencera ou pelo menos abalara algum juízo temerário que a respeito das nossas elites viçasse em sua consciência.

Mas de súbito vi caminhando em nossa direção um grupo de três senadores, um dos quais jogava pôquer com seis cartas. Senti um calafrio percorrer-me o corpo e, antes que a palestra dos três expoentes da nossa nata política chegasse ao alcance da apurada audição de Mister Slang, agarrei-o pelo braço e meti-o num automóvel.

– Vá para a China, Mister Slang, vá deleitar-se com a desordem que está infernizando o ex-Celeste Império. Mas vá convencido de que a nossa elite se salva. Mister Slang não sorriu. Apertou-me a mão de um modo efusivo e disse apenas:

– Não se aflija, meu amigo. Eu creio na existência de uma elite moral no Brasil. Apenas admito que está arredada da sua função orgânica. Está à margem, à espera de que a chamem. Uma reserva por enquanto – mas uma bela reserva, creia.

Respirei e tive ímpetos de beijar Mister Slang.

CAPÍTULO XX

Dos trinta homens

Fui ao bota-fora de Mister Slang. Penetramos juntos no navio e ficamos longo tempo debruçados na amurada, assistindo ao movimento de embarque.

– Está vendo aquele homem baixote e gordo, vestido de casimira cinza? – perguntou-me ele em certo momento.

– O que está próximo ao guindaste?

– Sim. Conhece-o?

– Não; só de vista.

– Pois é um dos homens-força deste país. Por falar em força: quantos homens calcula você que possui o Brasil? A pergunta pareceu-me ingênua. Não obstante, respondi:

– Metade da população total do país, uns quinze milhões, sem dúvida.

Mister Slang filosofou:

– As estatísticas erram psicologicamente. Contam

como homens aparências de homem, burocratas da biologia. No Brasil, pelos meus cálculos, haverá uns trinta homens.

Ri-me. Vinha paradoxo pela certa.

Trinta só, Mister Slang?

– E acha pouco? No mundo inteiro não haverá mais de dois mil homens, talvez nem mil. Por homem entendo unidade de força social construtora, elemento propulsivo, engenheiro do dia de amanhã. Animal muito raro. Apesar disso, ou muito me engano ou esse homem gorducho é um dos trinta do Brasil.

Cravei os olhos no ser prodigioso que era unidade em tão restrito grupo.

– Chama-se Belisário Pena – continuou Mister Slang – e é o engenheiro que tomou à sua conta a construção da saúde do Brasil. Um perfeito apóstolo. Tem feito tamanho bem à sua terra e o fará ainda tanto que escreva o que vou dizer: acabará na Clevelândia.

– Homessa! Que prêmio horrível foi Mister Slang descobrir para um homem de tal benemerência!...

– Sei da vida, meu amigo. Os apóstolos, os construtores do amanhã, acabam sempre em Clevelândias. Isso desde Jesus.

– Quer dizer que nos nega o mais elementar sentimento de justiça...

– Não nego coisa nenhuma. Mas acontece que os homens desse tipo se queimam nas próprias chamas. São sarças perpetuamente incendidas e, portanto, impolíticas. Falta-lhes o senso pragmático do instante em que vivem. Olham demais para o futuro. Enxergam muito longe e tropeçam. O comodismo do presente, incomodado, sempre perseguiu os "visionários".

– No entanto, eles vencem...

– Vencem, ou, antes, fazem que vença a ideia que os apaixona. Mas pagam a vitória com a vida. É de todos os tempos e de todos os povos.

– Mas que fez esse Belisário Pena até hoje?

– Revelou ao país o seu estado de doença. Demonstrou que há no Brasil 70 por cento de criaturas bichadas pela verminose. Provou que em trinta milhões de criaturas há mais de vinte milhões de inutilizados, sombras de gente, cadáveres vivos, mero pasto de bichos gordos e satisfeitos.

– Que horror! – exclamei. – Esses números me abatem de tal forma o ânimo que sinto ímpetos de um mergulho mortal aqui na água do porto.

– Não faça isso – respondeu com bonomia Mister Slang. – Além de perturbar a doçura desta manhã tão boa, iria espantar aquelas pobres sardinhas que ali estão em inocentes cardumes.

A água do porto, batida de sol, deixava ver centenas de peixinhos prateados, em *dolce* e descuidosa natação. Teria Mister Slang alma de São Francisco de Assis e no meu suicídio só veria realmente o susto da população aquática?...

Transferi meu trespasse para melhor momento e perguntei-lhe:

– E os outros 29 homens dos 30 que possuímos? Quem são eles?

Mister Slang vacilou.

– A resposta não é fácil e tenho receio de que minhas previsões não obtenham o selo da confirmação. Todavia, parece-me provável que o Capitão Prestes possa ser enumerado como um deles.

– Oh, um revoltoso! – exclamei com repugnado acento legalista. – Um inimigo da ordem...

Mister Slang redarguiu com socrática serenidade.

– Essa divisão entre revoltosos e legalistas é das mais precárias e muito me espanta vê-la em sua boca ou na de qualquer outro brasileiro. Noto a vossa linda cidade cheia de estátuas de revoltosos. No palácio da Câmara vejo a estátua de Tiradentes, um revoltoso; vejo a de Deodoro, outro revoltoso; vejo a de Benjamim Constant, outro revoltoso. Na Avenida vejo a estátua de Floriano, outro revoltoso. Vejo ainda a estátua de Pedro 1, outro revoltoso contra a legalidade da época. No largo de São Francisco temos a de José Bonifácio, ainda um revoltoso. Aquela ponte que liga o continente à ilha das Cobras recebeu o nome de Alexandrino de Alencar, outro revoltoso. Quando venho da Tijuca, passo pela rua Frei Caneca, outro revoltoso. Entre os feriados nacionais vejo o 21 de abril, homenagem aos revoltosos de Minas; vejo o 24 de fevereiro, comemorativo da Constituição, isto é, da carta política resultante da revolta militar vencedora em 15 de novembro; vejo o 7 de setembro, comemorativo de outra revolta vitoriosa. E vejo ainda o 14 de julho. Não contente de homenagear as revoltas caseiras, o vosso país exalta as de fora e dá feriado no dia em que a plebe de Paris, revolta, destruiu a Clevelândia de Luís XVI. Essa singular glorificação da revolta por meio do bronze, da pedra, da placa de rua e da vadiagem obrigatória parece-me contraindicar esse focinho mégalista[1] que o meu amigo acaba de fazer ao ouvir o nome do Capitão Prestes.

Era irrespondível aquilo. Mister Slang, até no momento de partir, arrolhava-me à força de lógica. Mas resisti e queimei os últimos cartuchos da minha pobre dialética.

– Tudo depende da causa da revolta. Se é nobre, está claro que se justifica.

Mas o filósofo saiu-me à frente com a rolha final.

– Apenas a vitória justifica, meu caro. Entre Isidoro e Deodoro só há uma diferença: um venceu e o outro não. Fora daí só vejo sofismas.

O navio apitou. Ia zarpar. Abracei Mister Slang, deveras comovido e já saudoso da nossa amável convivência. Muito lucrara minha cabeça com a sua plácida ideologia, tão isenta de paixão transviadora.

– Nunca mais, então, Mister Slang?

– Quem sabe, meu caro amigo? O uso do cachimbo deixa a boca torta. Tenho quase meio século de residência no Brasil, com fugas para o estrangeiro que não somarão mais de seis anos contínuos. Vou ver a China e talvez Nicarágua. A China está se desopilando de um modo muito pitoresco.

Desopilando? – repeti sem compreender.

A opilação da China não é como a dos brasileiros rurais. Opilou-se, não de ancilóstomos, mas de europeus. Infiltraram-se-lhe no corpo como sanguessugas, e tanto lhe roeram o duodeno que ela está hoje em regime de xenicidas. A revolução chinesa não passa de movimentos convulsos para deitar fora os europeus aferrados à mucosa amarela.

– Ingleses, sobretudo... – murmurei.

– Sim, ingleses, americanos, alemães. O parasitismo, já disse, é a lei da humanidade, e a revolta constitui o timol competente. Vou observar de *visu* como a China aplica o seu timol contra os europeus.

A campainha de bordo soou. Abracei Mister Slang pela terceira vez.

– Adeus, caro amigo – disse-me ele. – Fique a sondar os acontecimentos.

---

1. O povo, no quadriênio Bernardes, chamava "mé" (o mé dos carneiros) que apoiavam o governo e diziam amém a tudo. O próprio presidente ficou com o apelido de "Seu Mé". A palavra "mégalista" em vez de "legalista" é invenção do autor.

Se por acaso verificar que o nosso homem[2] inda pode subir ao Catete, escreva-me, que precipitarei a minha volta. Ele trará de novo a revolução. Adeus...

Desci. A escada foi recolhida e o belo paquete moveu-se lentamente.

Fiquei no cais, de lenço na mão e lágrima no olho, a acenar para o meu inglês da Tijuca até que o barco se sumiu ao longe.

Gaivotas adejavam no azul, com repentinas descaídas para fisgadelas do peixe incauto.

Junto ao muramento do cais, a água, translúcida de sol, deixava entrever cardumes das imperturbadas sardinhas de Mister Slang.

Tomei um bonde e remergulhei-me na cidade dos monumentos a revoltosos, calculando de mim para mim onde iria erguer-se em anos futuros a estátua do Marechal Prestes...

2. Artur Bernardes.

Nota final

Os meus debates com Mister Slang não se cifraram aos temas desenvolvidos nestes vinte capítulos. Dariam cem, talvez cento e vinte, se os fosse a todos fixar. Mas aonde iríamos?

Sobre o Exército e a Marinha, por exemplo, o nosso debate se prolongou por duas semanas, e não resisto à tentação de expor mais alguma coisa do que lhe ouvi.

Lembro-me de uma visita que fiz ao couraçado São Paulo a convite do comandante Frederico Vilar, em companhia do Fernão Dias carioca, esse admirável Porto d'Ave, e mais um grupo de neobandeirantes do Brasil.[1] Voltei de lá cheio de entusiasmo ante o

[1] Sócios do Clube dos Bandeirantes, de que era presidente Porto d›Ave.

maravilhoso estado de conservação do velho *dreadnought* e à noite subi à Tijuca para despejá-lo sobre o ceticismo do meu inglês implacável.

Encontrei Mister Slang recortando um aerograma do tenente-aviador Netto dos Reis, piloto insigne e fervoroso propulsor da aviação entre nós.

– Mister Slang – fui logo dizendo de cara –, acabo de visitar o São Paulo e venho cheio de argumentos contra o que o amigo disse da nossa Marinha.

O fleumático britânico continuou a manobrar a tesoura e, sem erguer os olhos do serviço, apenas disse:

– Vejamo-los.

Contei-lhe o que vira. O meu rápido encontro com o Almirante Souza e Silva, um valor técnico, sereno e frio, dos que demonstram a superioridade ao menor gesto. A admiração que me causara a figura singela do Capitão Anfilóquio dos Reis, inteligentíssimo e senhor do seu comando como poucos. À ordem perfeita, o asseio meticuloso, o respeito a um velho e sábio regulamento, que não sofre na sua entrosagem a mínima alteração a não ser que venha indicada pelo evoluir natural das coisas e comprovada pela experiência no sentido de um maior rendimento útil. Falei dez minutos com um entusiasmo muito irmão do com que o Capitão Vilar, esse dínamo de patriotismo, sabe influir nos que o ouvem. E ao cabo, quando julguei que Mister Slang ia voltar contra mim o canhão da sua contradita, eis que com assombro o ouço dizer:

– Sei disso e reconheço que não há nenhum exagero em suas palavras. Dou-me com o Almirante Souza e Silva e faço-lhe a justiça de o ter como digno de ocupar posto equivalente na Marinha britânica. Dou-me também com o Comandante Anfilóquio e duvido que algum capitão inglês traga o seu navio nas condições do *São Paulo* e goze de tanto respeito e amor da guarnição. Também conheço o Comandante Vilar, cuja notabilíssima obra sobre a pesca e educação dos pescadores me parece das mais sérias que ainda se fizeram neste país. Além disso, admiro na Marinha o espírito de dedicação e o nobre culto ao dever que a distingue. No Club Naval vejo em todos os andares o retrato de Saldanha da Gama, o almirante perfeito, cuja memória a Marinha vem cultuando com uma ternura enternecedora, e nos navios noto o retrato de Marcílio Dias, o herói humilde que é uma lição para todos os jecas da maruja.

– Então como nega eficiência à nossa Marinha?

– *Piano, piano...* Acho apenas que ela não possui o essencial a uma perfeita Marinha. Não possui um aparelhamento sempre ao nível dos progressos rápidos que faz a arte naval – culpa que não lhe cabe, todavia, e sim a uns tantos governos ineptos e descuriosos que o país tem tido. Governos que brecam a Marinha, lhe entorpecem o ardor, procuram burocratizá-la. Que vale ser bom atirador, se a arma é a pica-pau?

– Os governos nunca têm dinheiro e sem muito e muito dinheiro não pode um país conservar sua Marinha ao nível dos progressos incessantes que o navalismo faz. A culpa não cabe à Marinha.

– Perfeitamente. E por isso condeno a conservação onerosa do aparelhamento existente e o incluo no caso geral de parasitismo. Por melhor que a Marinha conserve os atuais navios, de que vale isso, se estão todos atrasados de um quarto de hora? Na guerra vence quem chega primeiro, quem atira primeiro, coisas que só conseguem os que andam em dia com a evolução das armas.

Canhão que só alcança cinco milhas, por mais bem tratado que seja, e por melhor que seja a pontaria dos seus atiradores, vale tanto como um pedaço de pau – se defronta outro que alcança dez milhas. Ora, parece-me tolice conservar máquinas atrasadas, de ineficiência evidente e reconhecida por todos os bons cérebros de que a Marinha dispõe.

– Mas como proceder, se não temos dinheiro? Como substituir nossos velhos couraçados, se um *dreadnought* custa hoje 400 mil contos e vivemos nesta miquia eterna que Mister Slang sabe?

Exatamente por isso preconizo o avião, que é a arma do pobre. Couraçado é hoje arma de povo rico ou de povo que tem metalurgia e pode construí-lo em casa. Os 10 milhões de libras que a Inglaterra gasta num couraçado ficam-lhe todos em casa. O dinheiro sai do povo, passa pelas mãos do governo e volta ao povo. Não há sangria. Mas aqui? Como nunca há dinheiro, fazem-se navios com dinheiro tomado de empréstimo e o custo deles se escoa inteiro em troca de ferro que enferruja, atrasa-se e perde todo o valor como arma muito antes que seja amortizada a quarta parte do empréstimo respectivo. Ora, isto cheira-me a absurdo, não acha?

– Como fazer então? Permaneceremos inermes?

– Não. Apenas pensar em armas que estejam ao alcance do país, deixando as armas dos países ricos para os ricos. Além disso, o couraçado já teve a sua a época. Desde que apareceu o submarino começou a sua decadência e hoje, depois do avião, está irremediavelmente morto. O elefante é uma frágil coisa, se o ataca uma nuvem de moscardos bombardeadores. A era dos grandes navios passou, e conservá-los, com desconhecimento disso e desprezo pela arma nova que os vem substituir, é preparar momentos tristes para o futuro.

– Mas a Argentina, único inimigo provável com que temos de contar, também possui couraçados.

– Sim, mas sempre em dia, sem o tal atraso que caracteriza os seus equivalentes no Brasil. Apesar disso a Argentina, mais previdente, já criou a sua nuvem de moscardos. Possui numeroso corpo de pilotos e numerosos aviões. Trezentos pilotos e outros tantos aviões terá ela.

– E nós?

– Uns quarenta pilotos, dos quais nem um só treinado em guerra. Quanto a aviões em estado de voar, haverá dois ou três. O resto, em desmantelo, enferruja-se nos hangares e só serve para onerar o orçamento e fazer número.

– É trágico isso que me está dizendo, Mister Slang.

– Por enquanto, apenas curioso – respondeu ele –; mas não nego que poderá tornar-se trágico um dia..

Impressão e Acabamento
Gráfica Oceano